U0033575

AQUARIUS

AQUARIUS

AQUARIUS

AQUARIUS

Vision

一些人物，
一些視野，
一些觀點，
與一個全新的遠景！

偽魚販指南

林楷倫

【推薦序】

生活總是如此嗎
——讀林楷倫《偽魚販指南》

◎朱宥勳（作家）

認識林楷倫的時候，我完全沒料到他是魚販。他在書裡反覆說，魚販身上帶有的無法磨滅的氣味，我是一次也沒有聞到過。

那是我在東海大學成人推廣部開的一學期小說創作課。班上同學不足十人，是很舒服的規模，足夠讓我們在授課之外，有時間細細討論每個人的作品。那批同學身分各異，有廣告業、有護理師也有家管，身上攜帶的故事，都遠比我常常接觸到的學生寫手有趣得多。而那時我認知林楷倫的標籤，是「曾經念過社會系的同學」，因為他是少數在我講到文學理論時，馬上露出心領神會的學員。

他第一次交來的作品，是一篇下手很重的小說。所謂「很重」是指：修飾重，腔調重，連行文的邏輯都不安分，像是刻意裸露出鋼筋的水泥牆。那種野性頗費思量，讓我很難確定，這位作者到底是寫作功底粗糙呢，還是自有不受馴服的風格呢？

一學期半長不短，很快就到尾聲。學期末，我請學生到當時開的店裡小聚，說了一些「期待以後在書店裡看到各位的作品」的祝福話。而在聚會前，我又收到林楷倫的第二篇小說，我還記得它的篇名就是〈大目鰱〉。現在想來，那應該是我第一次注意到他「魚販」的真身。比起第一篇沒有任何魚影的小說，〈大目鰱〉下手依然很重，卻重得很有神采。兩篇作品間隔不過一兩個月，我很確定不是因為上了創作課才進步神速的，而是，這樣的題材、這樣的路線，正是埋藏在他內核裡真正的礦脈。我早就忘記當時如何回應他的作品了，但我心裡確實有了一個篤定的答案：他的野性不是粗糙，而是生猛難馴的稀有品種。

後來因緣變化，我離開了台中。在東海大學的課沒有繼續，卻成為我往後所有創作課程的藍本，用在了清大、東吳、彰中等校。我出身於三代教師世家，母親、外婆都常說，第一班學生不管是好是壞，永遠是最難忘的。此話不假。然而難忘歸難忘，我卻怎麼也沒想到，過沒幾年，我竟然又在台中文學獎看到以魚為主題的小說。我初讀之時還想說：啊，這好像當時的林楷倫啊。

結果得獎名單公布之時，什麼好像，根本就是。

這就是各位手上的這本林楷倫了。當然，《偽魚販指南》從任何意義上來看，都是散文，而不是小說。不過從這本散文集裡，敏銳的人也能發現，林楷倫本質上更接近一個小說人。他的散文不甘心於純粹的記敘抒情，更講究元素、意象之間的排兵布陣，結構的遞進波折、人情事理的迂迴埋伏，都有小說的況味。比如〈背骨仔〉一篇，寫丸美大姐與自立門戶的夥計全仔如何爭鋒相對，又是如何形成一種互槓卻也各留一步的默契，精采萬分，彷彿魚市場的空氣裡都有電流激射了。或如〈尿尿樹〉裡的苦命人，無技能無出路又受人欺壓，林楷倫卻能在骯髒汙濁的氛圍之中，捉住卑微人物心裡的暗櫃，寫出表裡未必如一的深邃。〈駱駝先生〉的世代默契、〈是的，主廚〉那裝模作樣的真實夢想，乃至於寫暴烈親情的〈弓魚〉和〈冰箱〉，也都各有驚心動魄之處。要論寫人的功力，林楷倫已毫無疑問是文壇前段班的水準。

對，不是「新生代」的前段班，是文壇的前段班。這樣說或許有人會認為太激進的，但我確實很難想到有哪幾位寫作者，能像林楷倫這樣寫人。如同我對他的最初印象，他寫人不求面面俱到、結構嚴整，而是擅長編織種種矛盾的跡象，呈現出人情世故裡的「鬥而不破」及「愛而不言」。不信的話，讀者們可以細讀〈女人魚攤〉一篇。這篇文章所描寫的「女人的魚攤」就充分顯現了林楷倫掌握人物複雜性的能力。從開篇阿娥姐「不知為何要當魚販」說起，漸漸帶入她那心不在焉的丈夫，而後是阿娥姐所「庇護」的一干幹練姐妹。而在這看似普通的「女人當自強」主調之下，文章尾段突然話鋒一轉：「作為男人都知道，一個人躲在暗處能看什麼，能拋棄工作的又是什麼。我沒跟阿娥姐講她先生在車上幹什麼，我想她也知道。」

這一段圖窮匕見，我初讀時有種當胸中了一刀的感覺。最難分說的不是「我知道她先生在幹什麼」，而是「她知道我知道她先生在幹什麼」。全文裡，阿娥姐從來不漏一絲口風，林楷倫不寫她的脆弱，甚至也不強調她的堅強，只有一股「生活總是如此」的韌性貫串其中。如果我們抓著這條線索回看阿娥姐的種種行事風格，一切竟都有了不一樣的意義。吳爾芙說要有「自己的房間」，阿娥姐「自己的攤位」卻更顯寬闊生猛。一座魚市場，可以是詭詐鑽營之處，可以是傳承家業之處，可以是職人盡顯身手之處，又怎麼不可以是生活之外的生活、家庭之外的家庭？

近年來，寶瓶出版社以林立青、大師兄等作家領銜，掀起了一股「職人書寫」的風潮，為台灣的散文書寫注入了既古典（在寫實主義的關懷上）、又新穎（過去罕有寫實主義作家真能這麼寫實）的活力。然而若要吹毛求疵，我們多少能感受到，職人書寫喚起的往往是讀者對某一行業獵奇的好奇心，至於寫作本身的精純程度，就不一定得到同等的注目了。從「職人書寫」的角度來看，林楷倫的《偽魚販指南》也毫無疑問，是誠意滿滿、魚味十足的作品；然而除此之外，我更期待讀者發現的，是林楷倫就算不仰仗他那豐厚的經驗素材，也有一擊必殺之能的文字鍛造。

現在的林楷倫，在文字的雕飾上雖然沒有我們初識之時那麼濃烈華麗，卻還是「下手很重」——那是精準捶向心口，使人悵惘、使人茫然、使人苦笑的一手。同為讀者，我的建議是：放空你的情緒，準備前往下一頁吧。那裡，你不會看到柔婉然而虛弱的文藝腔，而是每一行字都毫無保留，即將深深刻印在你腦海裡的新世界。

【推薦序】

我把金目鱸魚香煎得更香酥脆皮了

◎王浩一（作家）

隨興開卷，盡興掩卷。閱讀《偽魚販指南》畢，書本闔起，一些情緒尚未消化，起身到廚房準備晚餐。今晚主菜是過年前躺在凍箱的屏東金目鱸魚，我打算油鍋香煎。

魚洗過拭乾，敷上薄鹽，還躺在砧板上。鍋子已經開始熱了，我忍不住學著書裡阿倫在「選魚的訣竅」裡，他當女友的選魚教練時的基本心法，「手伸出來，比個讚……你摸向我大拇指下方的肉丘……記住這個感覺，這就是新鮮的魚的觸感。」我多按了幾下魚身，確認它如同大拇指肉丘僵硬、帶有彈性……新鮮耶，可以期待今晚的佳餚。

關於香煎魚隻如何不沾鍋，保持完整，不要起鍋時殘破不堪、慘不忍睹，我有竅門：一確實解凍，二清洗後一定拭乾，三先大火後中火，切記不要頻頻翻面；四煎第一面時，要蓋鍋，翻面後則絕不能蓋鍋。如此即可讓魚片焦香酥脆，有職人水準。

出版社來信詢問可否幫忙寫序？信裡資訊不多，草草看過，直覺這是一本海鮮料理美食書……嗯，這個素材我無法駕馭。實話說，能明快辨識的魚種不超過二十，我承認站在魚攤前我是手無寸鐵的盤子，雖然書架上有不少關於魚蝦圖鑑、海鮮料理書本的收藏，但我能說嘴的僅是：可以煎得秀外慧中的土魠魚、二十八秒爆烤烏魚子、痲油煸薑炒白蝦、如何煮出最好吃的酒蒸蛤蜊……之外就羞於見客了。寫序？出版社應該所託非人……

書稿寄來，我才知道誤會大了。《偽魚販指南》不是美食書，而是魚販阿倫非虛構的文字創作。過去我多流連菜市場的小農，書寫蔬果的栽種，見多識廣也深諳食材挑選，甚至動手料理也有幾分把握，但是這本書寫的是魚販第一人稱的經驗，我眼睛一亮！

我擅長在菜市場觀察，也善於發問重點與眉角，這是多年來走訪各地無數大小市場訓練有素的能力。但是，市場裡海鮮魚貝類攤位多僅僅拍照，便匆匆離去，剛剛問過的魚名，兩三步後就忘了，雖然好奇廣泛的魚食知識，但是我有自知之明，對於魚販僅能敬而遠之。作者在《偽魚販指南》中所描述的全部是我陌生又渴望知曉的，漁獲知識深入淺出，魚販們的工作內容、日常、行規、生態，尤其他們海洋鹹味、黏滑微腥的生活樣貌，甚至阿倫三代魚販數十年傳承下來的溫馨與無奈、驕傲與掙扎，令人感動。

書本好看，因為魚販之子的自白，有淚有笑有自適。書本耐看，因為作者也書寫出那些買魚的人家，在閒話之後他有臆測、有想像、有憧憬的別人家生活故事，充滿體貼的文字，代表他的善良。字裡行間阿倫娓娓說著自己的故事，他的愛情充滿著有趣的魚味，他的祖父有那個年代的溫潤，他父親的問題則是他的抉擇與改變。

作者的文字非常有畫面，每閱讀一則故事，都像一齣《我在魚市場待了一整天》連續劇：攤販前買賣雙方的雙人舞，同行之間的協力或是較勁，深夜作息的無奈與奮起，作者與女友（太太）互動的魚故事，成家後轉成餐廳魚貨供應商的大小事……哦，還有魚販的職業病。每看完一則，有趣好笑之餘，總有窺探到生活裡那些陰影不揚的角落，令人深思低迴。

努力生活的人，他們的故事總是令人感動，身為魚販的故事能夠說得這般敞亮通透，則多了不可思議的燦然與悲喜。當作者把身邊人們的個性，以所販售的各種魚類來分析，戲稱「魚之占卜」，那是對生命釋懷與坦然的領悟。我以為阿倫，可以稱他「魚的哲學家」，清澈生命，勤奮卻不怨天尤人。

【推薦序】

傳統市場文化記錄的感動新頁

◎李明璁（社會學家、作家）

追溯我人生和魚販最初的接觸，是幼兒時在台北三重外公家的記憶。以前阿嬤在大同南路擺攤賣童裝，怕我枯坐攤邊無聊，就去隔壁魚販買生鮮活跳的鰗鰡（泥鰍的台語稱呼「hôo-liu」），放進鋁製大臉盆。據說我會靜靜蹲坐一旁，用小手嘗試捕捉水裡滑溜刁鑽的牠們。中午收攤後，當過廚師的外公就會把鰗鰡帶回去做成厲害的料理。

我一直好奇為何會對這段「幼童捉泥鰍」的記憶特別印象深刻，後來閱讀感官人類學的文獻才理解，像是觸覺與嗅覺這般幽隱而難以言說的身體經驗，雖然不如視覺或聽覺較容易在我們意識表層烙上印記，但卻會微妙地藏在潛意識和記憶深處，等候某種機緣巧合的人事物召喚，那些奇妙而無以名狀的感覺，便會鮮明地湧現、回放。

記得二〇一八年我和公視團隊在南方澳開拍《我在市場待了一整天》的夏日午後，迎著一艘艘入港漁船，各色漁獲接著一簍簍直接推到魚販攤頭。整個南寧魚市氣味紛雜，並不單純只是腥臭。嗅覺大體來說，是生猛的鹹鹹海味。而為了保鮮和清理，到處都是碎冰和水流。魚販快速敏捷地勞動作業，處理妥當的海鮮陸續排開，當我觸摸選購時，那冰涼而濕黏的手感，竟瞬間勾出了兒時捉玩鯽鰡的記憶。

後來我們又陸續拍了基隆崁仔頂、澎湖馬公第三漁港等知名魚市，以及傳統綜合市場裡的魚販們（比如台南水仙宮市場的虱目魚販、台北南門市場的高檔海鮮攤等）。這些取材播出後，都受到了熱烈的迴響。

從觀眾回饋可以歸納出四個魚販主題，特別引人入勝：一是魚貨拍賣競標的「眉角」細節、節奏氣氛與人際互動。二是處理海鮮的精準刀工與挑選魚貨的銳利眼光。三是有關魚販的接班傳承，乃至創新的販售方式。四是從產地到餐桌的新鮮美味，令人垂涎的料理祕訣。而這也是我一打開本書目錄，就已然會心一笑的原因——上述這些主題全部都被含納進來了。

「強烈而細膩的現場感！」這個精采的第一印象，彷彿瞬間就帶我回到這幾年節目拍攝的各個市場裡。全書從作者毫不掩飾、直球投出般的巨大無奈破題。他放棄學業而承繼家業、成為魚販的動機，其實全是為了償還父親的賭債。即便如此，他很快便覺悟到賣魚充滿學問、也是專業——「沒有出生就會賣魚的人。沒有什麼東西，不用學一輩子。」

於是第一個教室（也像戰場），便是激烈的拍賣競標。喊出天價的驅力不只在於精算，更要爭一口氣，討個好面子。接著作者帶我們來到攤頭，魚販與各種客人的互動默契或隱隱衝突，透過細膩書寫的再現，歷歷在目……

在某個假日早晨，才翻閱完「輯一」（約全書三分之一）的內容，已經讓近幾年深入各地市場的我拍案叫絕，不忍釋卷。但後來我還是暫時放下了書，因為「去買個新鮮魚貨」的欲望更被閱讀強烈勾起了，我立刻去了趟南門市場的盧記水產。

回頭續讀「輯二」，更是韻味十足。一方面，從魚販的人情世故、暖心互動，開展作者自身經歷的市場故事。他說有些熟客「像是熟識的朋友、像是家人。從賣魚學習與人熟悉，從賣魚熟悉了人」。毫無疑問，這真是傳統市場始終迷人之處。另方面，魚販最懂吃魚，從選魚的訣竅，到一夜干製作的祕方，書裡的分享既有趣又實用。而且，我也喜歡作者的筆調，全無那種刻意標榜品味的行家語氣，反倒帶著些許謙遜的自嘲與冷調的幽默。

最後的「輯三」，收束回自身，談人生的記憶與想望。作者的阿公，就像一個勤懇魚販的努力原型，也是他承繼家業的追隨起點。當他憶起阿公死前三年對他重複說的「好好做」，竟是他們祖孫最後一句對話，這個責任期許，與他對父親的失望痛心（「他的債務縛住阿公與一整個家」、「裝睡的人叫不醒，爸仍然在賭」），成了書中從頭至尾的一股黑色張力。

說到底，這並不是個讀來純然愉悅或燃燒熱血的職人生命故事，就像市場人生百態，多半笑中有淚卻也是苦中作樂。「身為一名魚販，我很努力，很努力了」作者在第一章的最後這麼寫道，我相信任何人看完也都會有如是感動。

作者說經常有人問他：「讀那麼高，幹麼賣魚啦？」而難以啟齒的心路歷程，讓他也只能回答不過就是工作罷了。然而現在這位曾經得過很多文學獎的魚販，持續埋首於清晨的魚市與深夜的書桌之間，產出了台灣第一本「魚販書寫」。感謝他除了魚販本業、同時也邁向作家的極度努力，我相信他在天上的阿公將引以為榮，因為這會是台灣非虛構文學、也是傳統市場文化記錄的動人新頁。

目錄

【推薦文】

輯一 身為魚販

輯二 魚販日常

輯三　三代魚販

後記

輯一

身為魚販

身為魚販

阿公跟爸都說以後不要賣魚，好好讀書。
後來爸只說，記得要幫家裡，要好好賣魚，沒有再提好好讀書。

小時候常有人說我很聰明，爸媽會問我要做醫師還律師，怎麼樣都想不到最後會去當個魚販。

我是魚販的第三代。從小，餐餐都有海鮮，肉類、菜類可以隨便，但對於海鮮，家族的人一個比一個嘴刁。沒有人愛吃養殖的吳郭魚，甚至將海魚分各種等級。幼年的我最喜歡吃白鯧，那時還沒有進口冷藏魚，煎熟的冷凍白鯧，還小的我夾起魚肉一定會散開，難以夾成一塊。長大之後才知道，冷凍的白鯧得輕輕夾才能成塊。

散開的白鯧魚肉，我不吃，不只碎碎散散的難看，也吃得出細微的腥。

國小營養午餐的肉魚，不吃。「營養午餐的肉魚有腥味，不好吃。我家賣魚的。」跟老師說。

賣魚的孫子，理所當然。

國中前寫過幾次「我的志願」，從太空人、市長到短跑國手，甚至寫要繼承爸的泡沫茶飲，就是不曾想過要當魚販。那太沒有雄心壯志，就算我不討厭魚腥味，但當魚販這志願太小，小到寫出來分數會很低，還會被笑賺不了什麼錢。

跟下了班的阿公撒嬌拿零用錢，他會從乾乾的抽屜抽幾張一百，阿公的紙鈔潮濕，味道像是老舊鋁製水壺的水沸騰。紙鈔吸附了蛤的殼味、魚的腥味，那時我便知道錢的味道有很多種。

爸從右邊口袋拿出來的錢是一摺藍藍紅紅，最內凹是紅色、綠色的百元鈔，中層是五百元，外層是只有在我跑腿時才拿過的一千元。我最喜歡拿綠色的一百元鈔票，爸的錢是古龍水味，媽媽的錢偶爾有白麝香，偶爾有向日葵香水味。他們在故鄉開了家泡沫紅茶店，都市開了兩三家。

爸媽每天都在都市裡忙到深夜，曾有幾次帶我去都市的店。那年代的年輕人沒有手機，只有BB Call，泡沫紅茶店會有一兩台投幣式電話能打BB Call或家用電話，我就坐在年輕的工讀生姐姐腿上，聽工讀生姐姐喊誰誰誰外找、誰的電話，或是幫姐姐寫下電話另頭交代的回電號碼。姐姐身上是洗髮精的味道，我以為那個世界很香。香的不只是味道，還是整齊的錢能凹成一摺，不是阿公濕濕皺皺的錢。

爸的生意順風順水，國小二年級的我問他，一個月能賺多少。他說七十萬。

爸的情緒在週二、週四特別波動，有時高興到分我一張藍色的千元鈔，有時安靜不說話。那時還未普及的有線電視，爸早早就裝了，並在晚上十點看著賣藥的頻道（那年賣藥總是腥羶色，後方的伴舞小姐都穿很少，我很喜歡看）。平常不會看這台的他，週二、週四一定看，裡頭的主持人說：肉豬一五、吳郭魚三〇、鴨二一……起初我還傻傻地說，吳郭魚這麼貴喔？爸就笑說，對呀我猜中了呀。幾次吳郭魚崩盤又漲起來，我跑去問阿公，阿公說，吳郭魚一公斤三十元不太會變。我又跑去問爸，他才說是猜數字遊戲。

那種猜數字遊戲，一次輸贏幾十、幾百萬。

一個月賺七十萬的他，還有賺嗎？

剛開始爸媽在都市開店，平日晚上偶爾會見到他們回來，假日也會帶我們兄弟去都市吃飯。但數字遊戲玩久了，平日不再回來，除非我要月考，求爸教數學，他才回來。他以為我真的不會，請了家教。他們更不回來了。

後來，數學從裝不會，變成真的不會了。

我不會算月入七十萬怎麼可以玩到離婚，玩到三、四家泡沫紅茶店收店。

國小四年級，爸那些賭博的破事被發現，巨額債款無法還清，阿公拿出銀行的存款還了一大部分，我以為爸會回來賣魚，會在家當個乖兒子。

爸回來了，他顧著故鄉的店，但週二、週四的八點，他會躲在自己的房間看半小時的電視。蓬萊仙山、信吉那些電視台報起中藥的價格。他還在遊戲，國小四年級的我與三年級的弟弟在樓下顧店，怎會有客人光顧？都市的店則交給十六歲便想著幫爸的大姐全權處理。爸嘴上跟阿公說要去都市工作，卻每日都在家。

過了兩年，賭債又爆了一次，大姐將店頂掉。爸已無藉口說自己要去都市顧店。

我國小六年級，爸回家幫忙賣魚，晚上顧泡沫紅茶店。我跟弟弟在八點前一定會寫好功課，七點五十分，爸就會打通內線電話說自己很累，叫我下去顧店。

他很累。

隔年九二一大地震，震掉了人氣。台灣開始流行外帶手搖飲，手機、網際網路興起，人們不再需要到特定的地方社交。阿公叫爸接下魚攤，清晨批貨，又叫爸把泡沫紅茶店收一收，認真賣魚。

爸偶爾會敲我跟弟弟的房間，說他今天中了多少，偶爾拍擊地板。那時我怎沒問他賠了多少呢？

他那時最常跟我說：「很累，需要人幫。」在九二一大地震後，住了一個月的帳篷裡說過；回家了也說。私立國中一年級的期末考後，我的數學不再好，暑假輔導的調查單上，他勾選「無須暑假輔導」，下面的理由欄位寫：幫忙家中事業。

我再也沒有假日。我必須幫忙，需要分擔家庭經濟的責任，我知道。

爸每天都在家，與我們一起在阿公家吃飯。他不吃隔夜菜，只要是他特別喜歡吃的，阿嬤就會煮特別多。爸夾起吳郭魚，說有土味，他自己拿回來的白鯧，也說很腥。他吃飯不會準時，都得撥通電話叫他吃飯，「再等一下，牌還沒算好」，他說，算好便會回家吃飯。

本來只有週二、週四，台灣彩券的大樂透開賣後，變成週二、週四、週五，再後來換玩五三九，變成平日每天。

他說他一天花一千多，他說魚攤能賺十萬。

我的數學不好，以為十萬減個四、五萬還可以。以為他只會賭這樣。

以為自己更認真賣魚，就能讓生活變好。

每個週末，我顧起魚攤的蛤、蚵、魚，攤位上的魚我只認得白鯧、肉魚、吳郭魚。我問爸，爸叫我問阿公。

阿公拿起冷凍與現流的白鯧，教我看背上的藍色與鱗片上的微微虹光分辨鮮度，教我從魚鰭魚尾分辨不同品種的白鯧：魚鰭長且魚尾如剪刀的，是正鯧；體色偏灰、魚鰭短的是暗鯧；魚鰭、魚尾短短，鰭邊形狀如流蘇是斗鯧。他問我哪種好吃，我說正鯧，暗鯧與斗鯧偏軟。阿公稱讚嘴刁的我，又拿起白口與黑喉。

每個週末不去私立國中的輔導課，在魚攤上生物課。蝦不選紅頭，小卷不選紅身。春末吃海蛤，養殖蛤不選脫皮，台灣蚵不能賣綠肚。這是阿公魚攤的第一學期。

沒有生來就會賣魚的人。阿公說賣魚要學，學一輩子。

爸說賣魚要學，學一下子。

他們都說以後不要賣魚，好好讀書。

週末賣魚很累，上課變成放假，同學說你都不用假日輔導真好，我回說要不然你來賣魚。「才不要咧，很臭。」對，很臭，我聞到我的前臂仍有魚的血味。當他們這樣回時，我會將手掌摀住同學的嘴，說：「很臭嗎？」手拿開，他說臭死了，接下來都是國中生的垃圾話。

國中時，在魚攤的工作是把魚拿給阿公秤，或是按按磅秤跟客人說價錢，沒多做其他的工作。因為我不想當魚販，不想多踏一步，踏到殺魚的台前，拿起魚刨鱗，剪刀剪開魚的皮肉。這些不想，我沒有說出口。

「你是魚販之子啊，得努力一點，不管你是單親還是什麼，你要為你的身分爭一口氣啊。」當時的導師這樣跟我說，埋入了什麼責任又什麼身分的。我的成績還過得去，便沒人管我要不要出席假日輔導。我的假日起得比上課還早，在空蕩無人的清晨市場等到熱絡，像上課鐘響，只不過我是魚攤上的學徒，被人叫喊。

「很爽喔。」同學常在禮拜一對我說。我又聞了我的手掌。

只有我缺席的假日輔導，教室的空氣好了一些。

「幹麼賣魚啦？」臉素淨、頭髮抹上髮膠的男孩問過我。他約我出遊，我不曾說好，每次都說要幫家裡。「真的很孝順欸你。」我笑笑無語。我與他在某個假日午後出遊，忘記去哪了，只記得沒睡午覺的疲憊讓我的臉漲紅，天色都沒暗，就說我要回家了。

久了，就沒人問也沒人約。甚至畢業典禮那天，也沒人問我下午要去哪。往我家方向的站牌，無人等車；對面往城市的站牌，排滿了同學，沒有一個人向我招手。他們坐上一班車，另一群再坐上另一班，直到我等的公車來到。我坐在最後一排五人的座位，中間只有我一人。

我睡了又醒，熟悉的路，醒了又睡，直到過站。走了回去。

就算要大考了，前兩個禮拜我還站在攤位前招呼客人，缺席賣魚還會覺得愧疚。我以為我有想過未來，以為我念了較自由的五專，選了醫事技術系，考上證照成為檢驗師，未來便能離開魚攤。但五專的課程更鬆，我刻意排出早上空堂、下午滿堂的課表，空堂時，在魚攤自學魚之解剖學、魚類辨識課。

我站在魚攤，拿起一尾尾冰冷的死魚，秤重刨鱗殺肚，換取更多更多的家庭奉獻。

常有客人說我很乖，我不知道要怎麼壞。早上起床穿起雨鞋，橡膠的雨鞋悶困了腳，長襪勒緊了腿。久了，腿上有了一圈的黑線。那一圈腿上的黑線像卡在網縫間脫鱗的魚體。

中午換穿球鞋，上起自己毫無興趣的微生物學和化學，覺得人生不能這樣虛耗，卻耗了五年。五專畢業後，轉學考上北部的大學。剛上大學，阿公與爸又說週末沒人幫忙，能週週回來嗎？

怎會說不能。半年後，週週台北、台中來回好累，轉回故鄉的大學。早上沒有課程，下午滿堂，「正職賣魚，讀書像放假」，我都這樣自嘲。那時，我已經能獨當一面站在魚攤前，招呼、買賣、殺魚，只差沒去批貨了。

「還要學什麼嗎？」我問阿公。

「不用了，學批貨要過一陣子。你還要讀書嗎？」他回。

「要。」我說。

他說，記得要幫家裡，要好好賣魚。沒有再提好好讀書。

他說起我爸，說沒兩句，又不說了。他們叫我要幫家裡，叫我得扶住家，撐住這頹敗的牆。多一個人撐住，一動不動，牆至少不會倒塌，就算不能遮風蔽雨又如何。

爸只記得在每個週五夜晚傳LINE過來，說明早還要工作，叫我早點睡。

一如往常，就算我已經在學業中找到喜歡的事物，甚至有未來的美好模樣。五專畢業兩年，轉學考了好幾間學校，用五專學歷考了研究所，但爸對這些毫無興趣。他的債務縛住阿公與一整個家。

「你要好好讀書，別跟那個哥哥一樣賣魚喔。」站在攤位前，有客人這樣說過。

「對啊，要好好讀書喔，別像我一樣讀交大喔。」一時嘴賤回了客人，客人就此不再來。

他不知道，我就算好好讀書，還是得賣魚。

在我放棄研究所的那天，我告訴了他，我爸。

他只說要賣魚，讀那麼高幹麼？

那年過年，我開始學習批貨，不再讀書，忘記自己曾經有過的夢。

成了魚販。每天凌晨穿上雨鞋，直到下午，脫下雨鞋與長襪，忽然解放又襲來痠痛，更深更深的睡意。

我以為洗去身上的魚味，穿上怎樣的服裝，又能變成怎樣的人。但作為魚販，是黏著在皮膚上的魚鱗，沒有感覺便嵌在那，覺得癢的時候想拔下那些魚鱗，才發現體膚已經有不一樣的顏色了。

凌晨兩三點的高速公路，沒什麼車，通往那時最熱鬧的地方：魚市。嘈雜到嗓門加大，氣味紛雜，聞不出魚臭，千百盞燈照出的世界已無黑暗。我下了貨車，踏入潮濕，邊走邊點頭或是捶打他人手臂，幾句髒話，都只是招呼。當我習慣這些生活，我就接受了自己是名魚販。魚販中，有幾個跟我相似的年輕人，有老派如阿公的人；有幾個會讓人想起誰，有幾個是他自己的模樣。

「讀那麼高，幹麼賣魚啦？」又有人問我。

我更難回答了。「只是工作。」我說。

接下魚攤時，吳郭魚一公斤六十元，阿公中風在床。我仍在賣魚，變了一些，但爸仍然在賭。沒人問過我喜不喜歡賣魚，我卻每日每夜地問自己：不喜歡又能怎樣？

賣魚賣雞賣肉不太會成為志願，也非我志向，非我所願，但要找個支撐住「家」的方法，便是直挺地站著喊：人客來喔，魚很新鮮喔。

又幾年後，阿公死去，吳郭魚一公斤七十元，台灣的白鯧愈來愈少，冷凍的白鯧不復見。我仍然賣魚，但離開了原生家庭，不在魚攤。裝睡的人叫不醒，爸仍然在賭。為了我的兒女，我得離開。

回想最後一次寫我的志願，幼年的我想，我的志願是我爸那摺現金，但不能這樣寫，老師會罵。「想當商人，像爸那樣的商人。」好險，志願沒有成真。

現在我會吃冷凍的白鯧了，我會輕輕地夾給兒女和自己。我們都吃過現流的白鯧，所以知道冷凍白鯧不好吃。

變成稱職的魚販之前，我學會了什麼工作令我厭惡，同時學會了什麼令我嚮往。既然不愛的、討厭的都能做好，那還有什麼不能做呢？我這麼想。

沒有出生就會賣魚的人。沒有什麼東西，不用學一輩子。

身為一名魚販，我很努力，很努力了。

競標

競標魚貨常常就只是為了面子。

那天，競標一口氣喊到第八回合，不見人倒下就不有趣……

在冷藏處理場分類好的魚貨，一簍簍被推向拍賣場。

魚貨的競標是這樣的：現場有處理場、拍賣場、競標處，分別以鐵網分隔，阻止魚販偷換魚或是與貨主串通、私下交易。等待拍賣時，魚販們會靠在鐵網上，看今天有什麼貨，類似在動物園看動物，反過來也很像等待餵食的動物。

每個漁號都有個按標器，以電腦處理明標，明標的遊戲規則是：每按一下按標器就表示一公斤漲五元或十元。漲到不合理的價格時，會持續競標的人，不是瘋子也不是傻子，他們就像是打了漫長回合的拳擊手，每按一下都是給對方一拳，雙方拳來腳往。

吵死人的魚市，在出現炒過頭的誇張魚價時，現場只會聽到兩三台機子按鍵敲打的聲音，先退出的人就在一旁等著看好戲。三國鼎立，退下的那一國，就會說剩下的兩國是白痴。

這天，兩邊角落都是熟面孔，丸ㄚ跟丸ㄅ。

兩家商號也不是說一定要這一件魚，那只是場躲不了的對決，是就算自己沒得到，也要盡其所能地填價、讓對方受傷的戰場。每個人都知道那價格太貴，是怎麼賣都賠錢的生意，而有時想弄別人，一不小心就換自己得標。

關於競標，認真就輸了。

台灣中部最熱門、最搶手的魚是白鯧、午仔魚和肉魚，這些魚種不會在最早的拍賣出現。競標在凌晨三點開始，那時太早，有一半的魚販都還沒到，有些甚至還沒醒。這時如果標起熱門魚種，價格不會漂亮。三點到三點半的魚總是些雜魚，如果當天沒有雜魚，好魚也會拿出來標，這時早起的魚販就能撿到些便宜。但近幾年漁獲量減少許多，拍賣的時間愈來愈短，以往四、五點還在熱鬧拍賣，如今天還沒亮，地板就都洗好了。

想標到熱銷的魚，要不和參與早盤的批發商打好關係，要不就自己早起。我選前者。像我這種晚上十一、二點才睡的人，要我兩點起床太難，能多睡就多睡點。然而，早起的販仔有魚吃，跟不上早盤的我，總得跟一堆人競爭。魚少販仔多，價格就漲。

一件肉魚沒幾尾，一般的市場行情大約是一公斤四百。在某個無風無雨更無魚的春天，創下了一公斤兩千的天價紀錄。紀錄創下時，丸ㄚ的紅字特別亮。有人當下就笑說買太貴，肉魚都比白鯧貴了，丸ㄚ的老闆只說是幫魚販代買的，那魚販指名一定得是現流的肉魚。

這肉魚的天價，是為了爭一口氣。

競標常常就只是為了面子，魚市每天早上都會上演。丸ㄚ跟丸ㄅ，市場內兩個最大的批發商，手持競標機，將手舉得老高，就只是為了讓訊號更快到達接收器，拇指不斷地按著競標的按鈕。有時會想，怎麼不開發個連發鍵給他們，看他們按到都快抽筋，有連發鍵就能快速抬價，或殺個對方措手不及。其實還真的有人曾經自己回家動手腳，裝了機關在競標機上，也因此魚市後來會在休市時把機子收回。

為了爭一口氣，就得認真按到底。那天競標一口氣喊到了第八回合，過了天價一公斤兩千。這時喊十元、五元已經激不起情緒，我們都變成第九回合的觀眾，不見血、沒人倒下就不覺得有趣。丸ㄚ一次跳一百九十五，直接喊到一公斤兩千一百九十五的價格。觀眾等的是整數兩千二。

丸ㄅ會不會喊？

一秒、兩秒、三秒，競標機的按鍵沒有嘎嘎聲響。投影螢幕的肉魚字眼外框翻紅，遊戲結束。丸ㄅ直說自己的機子沒電，丸ㄚ說要不然重來，三簍內這簍都可以重拍啊。丸ㄅ沒回話，但笑得很開，我們都知道他只是想捉弄丸ㄚ。

拍賣員問在場的魚販們，要往下一件拍了嗎？

「等等，照相還沒照完。」一公斤兩千一百九十五的肉魚，現場像是股市創新高的那刻。下一件開始，尺寸小一指的肉魚，一樣閃爍出紫藍光，丸ㄅ沒電的機子還能狂按，丸ㄚ還在拿著那簍天價肉魚跟一旁的朋友合照時，丸ㄅ以一公斤一千一百元的價格得標，一次將所有的肉魚全掃下。

不管是一公斤兩千一百九或是一千一百都太貴了，沒有魚販要買，丸ㄚ跟丸ㄅ都問我要不要。「肉魚買那麼貴，神經喔。」我說。

那簍肉魚的天價照片，傳遍漁人的群組，說我們這些台中魚販很瘋。

確實很瘋。吞不下那一口氣，買下去就對了。

背骨仔

那些存了錢便另立商號的前員工，一律被戲稱為「背骨仔」。全仔決心削價跟丸美大姐比拚，卻又彼此拚出了默契。這就是藏於魚市的人情義理。

原本是員工，存了二、三十萬就離職創立商號——老闆都叫這種人「背骨仔」。買賣魚貨除了選魚之外，沒什麼訣竅，有錢便能當批發商，最難的是如何將熟客搶走。在魚市批發魚貨的商號，約莫有七成都是家族事業，一代傳過一代，連客人也是。我剛剛接下家中的魚攤時，阿公總會問我：「有沒有跟丸美、丸ㄅ買呀？」如果我回沒有，不管原因是價格比較貴或魚不漂亮，阿公都會說他習慣交易的那幾家比較有誠信。

說穿了，誠信就是感情。只有價格能破壞熟客與原本商家的感情。

「你家全仔，出去做了喔？」我問賣養殖魚的丸美大姐。

「別提那背骨仔啦。」丸美大姐說得大聲。

「阿倫，你來跟我交關，算你五分[註]就好。」攤位在對面的全仔直接喊我過去。

「新開幕，算五分就好。來喔。」

他繼續說十尾午仔魚每公斤多少多少，我只是微笑點頭，怎樣都不能過去。

「靠北啊！」丸美大姐將手上的空魚箱摔在走道上，細碎的冰散落地面。沒人敢走過去，踩著細碎的冰容易滑倒，務必慢行。

「五分、五分啦。」全仔喊著，一些全仔熟識的面孔，不敢靠近。那些人看著全仔，看著丸美大姐。

冰變成水。

走過去的人，總兩邊都看，大多還是跟丸美買。有幾個白目會跟丸美說「對面才五分捏」這類的話，丸美大姐就大喊：「背骨全仔，你的人客啦，五分ㄟ啦。」

喊久了，全仔被人稱作五分全仔。

「五分是要賺什麼啦，全仔？」在我車邊遇到全仔，我問他。

「一口氣啊。」

我沒多回，我知道這樣做不長久，但我現在連一根菸都在考慮要不要請他。「呷菸啦！你跟丸美講一下啊，要不然你避開她賣的。五分實賺兩分，魚市抽的都比你賺了。」

這些全仔都知道，今天給人五分，明日難回到七分或是十分的利潤。

「魚市就抽三趴，你賺兩趴，賺個懶趴。懶趴再扣清潔費，你剩一懶趴。」

「知道啦。別念了，念啥潲。」全仔將菸屁股彈入一旁水窪，一下滅了。

「你的LINE啦。」他搖起他的手機，我也一起搖，但都感應不到對方。我掃了他的QRcode，他的頭像上寫了「丸全商行」，下面寫：開幕都五分喔。

「我再LINE你。你這樣比較好訂。」全仔說。

全仔不時傳來早安分享圖，和一些我看到很膩的魚照，時不時就問：「要不要？」

註：批發商賣魚一般會抽魚價的百分之七，行話叫「灌分」，扣掉清潔費、魚市稅金，批發商實收約百分之四。灌五分，就是收取魚價的百分之五，百分之二的價差由批發商自己吸收，批發商實賺百分之二。

他的魚價便宜丸美一些，一公斤便宜十元、五元。全仔還跟群組的人說可以月結，不用到攤位上，直接送到車，甚至連免費殺魚這種爛工也做。

這樣做當然會有生意，只不過都是一些爛咖。

「全仔，四分啦。我去你的攤位自己搬，讓丸美看，看我是你的人了。」爛咖A說。

「靠北，毋通啦。」我回，順便傳了個熊被冰包住的動態圖。

「來，攏來。」全仔秒回。我那隻熊的冰都還沒融化，又結凍了。

「來喔，貪俗的攏來喔。」爛咖A與爛咖B不斷叫喊，全仔的攤位圍滿了人。我們是嗅臭的蠅還是嗜血的鯊、吃甜的蟻呢？都不是，我們是嗜排隊的台灣人。一箱箱的午仔魚、紅雞、金鯧、黑格，都貼上印有丸什麼的商標單子，沒多久，攤位前只剩下空的保麗龍箱。

「閣來，全仔再去買，閣來。」這種賣法，不管全仔買什麼，都能賣。

全仔跑去澎湖魚區，看著龍占、青石斑開標，他喊太貴太貴，旁邊的爛咖A說：「我買，我買。」拿了全仔標貨的機子，買下許多件，貼上商標單，叫全仔將這些貨搬回去他們的車上。

「欸，你買這些他才賺一趴，還要搬？」我說，全仔在一旁比噓。

全仔推了一車又一車，直到澎湖魚區結束，輪到東南亞進口魚開始競標，他請爛咖A幫他買幾尾土魠。爛咖A指著七、八尾土魠，跟標手說：「一次來。」

這種標法確實容易得到低價，因為沒有人會一次買八尾土魠。但那次土魠的價格非常高，從一公斤三百開始，不斷加價，直到每公斤六百五才停。

得標人依舊是全仔。

爛咖A看到這價格，在那裡大笑，大喊：「阿美啊，你很凶耶，一輩子沒買過土魠喔？為了一口氣跟全仔標成這樣。」

丸美大姐對爛咖A比了中指，說：「不是我啦。」

那八尾土魠躺在地上，我摸了摸每一尾的肚子，有些硬，有些軟，軟到甚至多戳下去就肚破腸流。我鏟了幾杓碎冰，蓋了冰棉被在土魠身上，冰一下就融化，流出了咖啡色的腸液與暗紅血水。

接著是東南亞進口魚區，繼續標著一只只鐵箱，打開便有漂白水味或腥臭，有人會標去做成飼料，有人會買去交給自助餐店炸。就是沒人會標一公斤六百五還爛掉的土魠。

等到什麼都沒了，全仔推著推車問：「爛咖A咧？」

爛咖A把標貨機交給我，人早走了。全仔將八尾土魠一尾尾放上車，搬到破肚的那尾，手上滿是水解泥化的內臟，甩了甩，他知道這尾不會好賣。

「倫仔，可以先幫我推回去嗎？」

可以不要嗎？我想。

那台推車、八尾土魠，冰化成水，流經一尾尾土魠的體膚，帶著血水與髒汙，流入我的雨鞋中。一步一步踩起，襪子汲取血水，腳掌泡成白。

不覺得難以步行，卻怎樣都不想走到全仔的攤前，放那一尾尾土魠。光是摸，手便陷入那胃液腐蝕而薄的土魠魚肚。光只是摸，整隻手都會陷入內臟之中。

光只是走到那，光是被丸美的阿美姐看著，我都像是個背骨仔。

當我把推車推到全仔的攤位前，將一尾尾土魠排進保麗龍箱，丸美拿來三、四箱的冰撒在魚身上。

天已微亮，魚市已散市。全仔拿著得標單，邊打電話罵爛咖A。

「啥物我叫你買？是不會看一下價格喔？」全仔說。

爛咖A的笑聲，我不用聽都聽得到。

全仔蹲坐在那，看著那些只是為了撿便宜而最晚到的魚販，喊：「要不要土魠？」有幾個聽了價格要不嘲笑，要不掉頭。

「要不要土魠啊，阿倫？」我沒有回應。

丸美收完攤，將剩餘的冰放進桶內，再放到推車上，說：「阿倫，拿去給全仔。」

冰桶內的冰很重，如果用買的要兩三百。全仔看了丸美一眼，兩人眼神不會交錯。我將冰放在全仔攤位旁。「這些土魠怎麼辦？」

全仔沒有回應，幾個魚販走過。

「公斤兩百，全包，好無？」全仔說。

隔天，阿美姐的冰桶內很空，冰都用完了。我問全仔，昨天的土魠賣誰了，他說的人名我一個都不認識。愈陌生的販仔，愈會買便宜到不合行情的貨，我想。只能比價格做不久，全仔也知道。

「來喔，貪俗的攏來喔。」全仔又喊了起來，圍滿了人。

「阿倫，背骨仔賣四分，是能賺啥？」丸美說。

「我哪知，一口氣吧。」我回。

丸美大姐笑笑地搖頭，拿起一塊保麗龍板，寫上：午仔魚，公斤一百五。這價格便宜到只有丸美能賣。

全仔攤位上的人潮開始移往丸美，他對我比了抽菸的手勢，又比了「沒有」。我丟菸過去，他彈出的菸蒂掉落在魚的冰棉被上，燙出小小的洞。他又開始叫賣，只是價格變貴了一些，只比正常價低了一點。

阿美姐把價格調回正常。「我不缺那些客人。」阿美姐說，愛比價格的客人都給背骨全仔。

後來，兩人的眼神依然不交會，但賣的品項漸漸不同，不會強碰，變成默契。不是沒膽量，但全仔不再堅持五分搶市，而阿美姐一樣不叫全仔的名字，叫「背骨仔」。全仔被這樣叫也不翻臉。有感情了，相讓出一條平行的路。

「五分全仔。」只剩我這樣叫。

尿尿樹

網路上有網友，一起吃飯的叫飯友。
在魚市，我交的是尿尿友。

每棵樹都釘了一張Ａ４護貝紙，上面寫：請勿在這裡大小便。

標語釘上去的那天，還以為是要宣導停車熄火不怠速，或是停車費漲價的消息。一群毫無尿意的男人們，趨近一看都笑到岔氣，只要有人走過去看，樹上的紙便提醒，別在這裡小便喔。拉下拉鍊，還是尿了，這些告示就像深夜的閃紅燈，誰會乖乖停車再開？

這些樹代表的是社交。最常被尿的樹最高，雜草最茂盛，在那裡能聽到的消息也最多，什麼魚今天喊貴了、什麼魚又最便宜，各種瑣事都能交流一些。能一起小便也就是有緣，不熟的瞎聊幾句，熟一點的比起大小。短暫幾秒，用小部分的赤裸，交插行話、髒話、玩笑，直球地建立關係。在魚市，請飲料、檳榔與菸，或一起尿個幾次（不管是「臭」巧或是約好的），就熟了。

那些味道對我們這些滿是味道的人來說，說不定沒差。

也不是看到樹就想尿尿，又不是狗，沒那麼內急的，會忍到穿過拍賣場去上廁所。有些人說那是在灌溉植物，有些人就只是陪內急的人去上。而我是在緊湊的競標時間常忘了自己的尿意，一旦走近尿尿樹前我的車位，我就想尿了。

看著那棵尿尿樹，本來只是樹苗，現在已經被我們這些男人的垃圾話和排泄物養到兩層樓高了。不知道如果沒有營養灌養，它會不會萎靡。

尿尿樹也是地標。當有人要送貨到我的車上，我會報車牌號碼，更準確地，會說「尿尿樹前」再加車牌號碼。「倫仔，老位置喔？」「對啦對啦。就最臭的那棵尿尿樹前。」這樣講，從未送錯。

「順仔，我車上裝魚的簍仔順手交給你老闆，二十個。」順仔比我老一輪，我還是叫他順仔。但我要他叫我倫仔，他仍叫我老闆，要不就叫我老闆的孫。

「你好、好、好意意思叫我，去你那裡拿簍仔？你那裡尿得很臭、臭、臭。」順仔結巴地說。

他搬下我車上的簍仔，跛腳地走到樹前，叫我去看那張「請勿在這裡大小便」。他問我是誰那麼無聊還寫什麼臭、沒家教之類的話，他說有家教就不會來賣魚了，開始笑誰會在這裡大便啦，這種笑點只有在似眠似醒的三、四點工作的人會笑。

我倒是笑得很高興，邊笑得顫抖邊叫順仔試試看，我想我們兩個都能感受到硬實的橡膠雨鞋底下，有濕土的軟，我們都踩著彼此的身體廢棄物，說著有沒有都沒差的廢話。

他數著我貨車上的塑膠黃簍，不分批直接上了他的推車。黃簍是拍賣魚時裝載秤重的容器，一個剛好一公斤，秤重時批發或買家直接把磅秤顯示的數字減掉一公斤就是實重。這種容器由魚市統一製造，一個押金七十，在標下魚時就計算在魚價內，如果要收回簍仔錢，就是退回即可。我往往會順手交給熟識中盤的搬貨人，順仔就是其中一個。

搬貨人送完一趟魚貨，就會順手收一趟簍仔跟魚販不要的保麗龍。簍仔和保麗龍堆疊得高，搬貨人會一手扶住，另一手控制推車，側身將頭探出看路。一早的魚市，小盤與零售商剛把車停妥，熟識的中大盤搬貨人就會在一旁等著，拿起那些簍仔，順便說了今天有什麼漁獲之類的資訊。只是什麼東西都疊得頗高，看不到路，搬貨人嗓門大聲像是爆音，連在身後的車按幾聲喇叭，轉身罵的髒話都會穿透車窗，蓋過車上的音樂，嘴形誇張到像有字幕。

「借、借過喔。」順仔口吃，卡住幾次借字。我問順仔，你何時要還。

他很少說當天有什麼貨，要聽他說完魚的品項，不如自己去看。但他說起黃色笑話倒是不會結巴，平常聽他斷斷續續地說也變成笑點。

進入拍賣場，地板的盤多磨塗料不會讓人滑倒，燈光亮得不會讓人覺得是晚上。巨大的投影螢幕顯示魚名，跳起數字，批發靜靜地按，得標後舉手再度確認。比較多的聲響是標貨人透過對講機叫搬運工來搬，銀白色的白鐵推車緩緩地切開人群，順仔彎腰搬起十幾公斤的魚，一簍一簍。

我們都習慣上衣腹部附近會沾滿魚的水。「順仔，怎不穿圍兜？」我問他。

「麻煩啦、麻煩。」

「啊你這樣搬，腰會閃到啦。」

「啥潲，要不然怎麼搬？麻煩啦麻煩。」

順仔刻意蹲下後挺腰搬起，那是所謂的正確搬法。他接著會問我簍仔要不要，如果不要，他就會把魚用塑膠袋裝起丟在車上，再問車在哪或是車牌幾號。

我正要開口說車在哪，他就接：「放尿尿樹那裡。」

採買過程中，不單要競標當天送到的在地魚產，也得看一些中盤從日本、斯里蘭卡、菲律賓、印尼等地進口的魚，也有台東、澎湖的魚。要買這些由盤商進的魚就是靠議價。

順仔的頭家就是做這種議價魚。十幾年前，這類魚販相較魚市以本島魚競標為主的中大盤魚商來說，利潤較差也沒什麼競爭力，但在近十年卻轉為較有優勢的批發商模式，一方面是因為台灣西部的魚源變得稀缺，魚變貴；一方面是因為日本空運魚量擴大。

順仔的老闆王大就是從這樣的環境變了個模樣，我開始專職當魚販批貨時，他就一臉你要買不買都沒差的模樣，有時等他開箱，還得看他慢慢劃開保麗龍盒，拿起那些魚還不能多聞、多摸幾下，多摸就罵，多聞就叫人去其他地方買。聽說以前沒什麼進口魚時，他客客氣氣地對客人，看看現在的王大，誰會相信。

順仔平常會跟能開玩笑的魚販多聊幾句，但在攤位前，他只會問：「在哪？車號？」再轉問王大：「哪幾件？」只要順仔其中幾句口吃了，王大就像罵自己兒子一樣，罵順仔軟爛、話都講不清楚。我以為只有王大會這樣，畢竟順仔平常確實一臉懶散、沒在怕人的模樣，沒想到連王大的兒女都這樣罵順仔。

「那個型，去外面能找啥頭路？」老闆的兒子罵完時，總會這樣問我。

說真的，我聽不懂台語發音的「那個型」是指外型還是個性，不過順仔講話臭奶呆，又是個矮子，這外型確實不好就業。

我會不會請這樣的人來當員工？我不知道，但魚市的搬運工有各種模樣，有書讀不多的，也有還在讀書或早上還有其他工作的，最多的是中老年的失業者。他們跟我們這些魚販都在凌晨時，天未亮就被幾千幾百瓦的燈照醒，就算天未光，我們都會稱那時間是早上。

有幾次，順仔推車無物，我遇到他，我的貨車還很遠，他會叫我上他的白鐵推車，然後像是小時候看到水坑就要踩，推著我滾過一個又髒又臭的水坑，速度並沒有快多少。我大聲笑著，幫他喊：借過借過！偶爾，他推車無物，我遇到他，我的貨車還是很遠，我會叫他慢慢走過去，我再用腳把推車當滑板用。也有過我推著他，一邊想著他的重量能換算成幾尾鮭魚和多少錢。

「順仔，今天我的魚很多喔，幫忙多打點冰，麻煩你啊。」

順仔邊微笑邊幫我裝，手與嘴演了個吸的模樣，我想他不管是請菸還是飲料都可以。我跟賣飲料的點了幾罐生活紅茶，報了車號，他們會丟在鐵斗。

「順仔，你啥潲，冰不用錢喔？」王大根本不管我在不在場。

順仔彎腰直接搬上。他這趟貨很多，貨物遮住了刺眼的千瓦燈，喊起借借借過。頭探出來，看向比較暗的停車區，他向我揮手，我從內向外揮手叫他先去送別人的，他卻將推車滑下無障礙與送貨兩用坡道，身體一屈，把推車停在一旁。

「啊不是叫你先去送別人的。」他走近，我說。

使了個眼神，他流暢地說：「再忙也要一起跟你尿尿。」

這哏太老，老到我都知道他是長輩，只好陪他尿尿。

尿尿樹上的告示牌，被寫上「在這尿尿的人是狗，雞雞爛掉」。我問順仔誰寫的，他說不知道，這人還寫雞雞，寫懶趴還比較成熟。

「在這尿尿怎會是成熟的人啦。」我說。

順仔說：「你看我的很成熟啊。」說完就把尿亂甩。

真是成熟。

話沒說幾句，他耳Mic就傳來：「順仔，你他媽要尿多久，別聊了。」

順仔沒回王大，只是笑笑地拍拍我的肩，說：「先來嘿。」

他推著推車往前，我提醒他：「要記得我的貨喔。」

他手一揮，表示知道了。我感覺到肩膀有他手的溫暖與沾染的濕，一定很臭，我懂，我自己的手也是。

等待的時間，我拿弓繩綁起活鱸魚，將魚價寫了一遍。天快亮時，順仔到了。他搬一箱，我搬一箱，他邊搬邊說，他想不起來剛剛為什麼要找我尿尿。搬一半，我先拿了一根菸架在不冰的生活紅茶上。

「為什麼不冰？我要冰的啦！」順仔用台語說著冷笑話，真的難笑。

「喝冰的對腰不好啦，你要靠腰。」我說的也不好笑，他卻笑了。

這一笑，他想起剛剛要跟我說什麼。

順仔插了吸管，自己點了菸，把那一箱箱保麗龍搬上車。那些保麗龍有漏水的鑽孔，是為了讓海魚不泡到淡水，保持鮮度所用。順仔的肚子，這時應該滿是魚腥了，但我聞不到，我早就習慣那個味道。那些被魚的黏液與冰水泡過的衣服，一下就會褪色，日晒的時候會被鳥咬，或是黏液沒洗乾淨會硬硬的，像是膠水殘留，衣服很快就會壞，卻總是不丟，穿那幾件。

被他沾濕的衣服滿是黏液。「我頭仔實在⋯⋯」順仔把衣服抖了兩下，我以為他要抱怨他家王大的事，他卻開始說其他家的搬貨人，都一天偷幾個簍仔來加薪，偷少少的沒人發現，後來有個特別貪，一個月偷了兩三萬塊。順仔跟我在那細算，要偷幾個才能多兩三萬，十五個，剛好是我今天給他的數字。

「喂喂喂，你是不是偷賣我的，尿友？」我說。

「天光了，別在那裡練瘋話。我順仔若這期六合彩大中中中，我明天就不會來了。你自己好好搬。尿尿尿友。」

「好好好，你就中了不要來。」

講完，順仔的耳Mic又響起。

我想著這魚市一天會有多少魚簍，偷幾個會有多少錢，又多少風險。我打了通電話給順仔，問他尿尿樹如果沒有我們這些人養會怎樣，他說白痴喔，樹明天會更大，你會老啦。

我又問：「你有沒有偷簍仔去賣過？」我聽不到他說了什麼，只聽到王大的那些叫罵。連我都無感了，順仔還會放在心上嗎？還是那些羞辱他習以為常了？

他說，有一天我賺大錢你就知道。這句話他每天講還是口吃。

我發動貨車，柴油的酸氣抵不過尿熏，這時才覺得臭。我轉下車窗，頭探出窗外，喊起借過借過借過，順仔的電話未掛，傳來：

「哭哭哭枵枵喔。借借借過啦。」

改裝的March

阿鳳姐跟我一樣，都是一年只休個幾天的「愛錢死好型」魚販。
這天，我第一次看到她不是穿著雨鞋跟寬大衣物的模樣……

阿鳳姐的兒子一定最早到校。天未亮，他已穿好校服，躺睡在March的副駕駛座。那台車的後座沒有座椅，改成了白鐵斗，放置著保麗龍、裝滿海水的大橘桶。她兒子的書包就放在另個橘桶裡，上面用保麗龍蓋蓋著，也怕魚腥吧，海水滴到書包，也有個味道。

天氣不好，魚市裡魚種比較少的日子，我會在五點多跑到城市另一頭的大市場，每次都會遇到阿鳳姐。我很常把車停在她旁邊，她總說：「你們這些跑魚市的，沒魚才跑來這裡。搶魚跟什麼一樣，我搶不過你們這些。」

她常偷看我從魚市批來的魚貨，打開保麗龍蓋，滑過白帶魚的腹部，摸摸肉魚的硬度。五點還不能清楚看到魚的色澤，但當個魚販，手也是眼睛。她又摸摸我的手臂，「魚的品質不錯喔。」我是不清楚她到底在我肉肉的手臂摸到了什麼。

入了市場，阿鳳姐在等北部漁港來的魚車，我則先去看看大市當天有什麼貨色。她知道我有這個習性之後，看到我總問肉魚、白口、赤鯮的價格，然後，她會說出更便宜的價格跟她愛去的那攤。她說的那攤，專門賣中國魚和東南亞魚，光肉魚跟赤鯮價格就少我四、五成。

「唉唷，味道有差啦。」我說。

「矮油，賺錢哪有差啦！」

她也只問那幾樣，其他的魚種她選擇的方向跟我很像。她常跟我指哪些人是賣現流的，哪些是餐廳，哪些人跟我們一樣，都在這裡等南部、北部的魚車過來。就算我已經都知道了，阿鳳姐還是很常說。

「阿弟，賣魚多久了？」她很常問這句。

「二十幾年。三十五了還要被你叫阿弟。」我也常回這句。

「你就是沒好好讀書，才那麼年輕就被抓來賣魚。」她說，我只能笑。

她說起在車上睡著的兒子，國小三年級，得了什麼獎又拿第幾名。我很想問為何要帶她兒子出來市場批貨，正要開口，魚車進來了。三點五噸的貨車，放下後斗升降板時，她已經站上去。她看我這邊一眼，像要提醒我過去抓魚，其實不是，只是在叫我過去一起搬。

我過去一起搬，她在冰水裡摸撈她想要的魚。每次我都笑她，騙我過去搬，叫她自己撈。當她抓起一些我想要的魚，我在一旁說「那尾我的」，她不一定讓給我。不給我時，總說：「你都去過魚市了，還要跟我搶。」

魚車下來時，阿鳳姐是第一批抓魚的人。而我是到攤位才開始第二批抓魚的人。這是大市的內規，熟了就會變成第一批抓魚的。她挑完第一批的魚，會留很多在她的魚籃中，給我一些她不愛賣、不會賣或大小她不愛的魚。我笑說自己是撿剩的，其實阿鳳姐第一批抓到的魚不會太差。

每個魚販喜歡的魚種與能賣的價位都有所不同。偶爾阿鳳姐會來陪我抓第二批的魚，第二批的都是些沒人抓，或是被其他魚販放棄的魚，將那些魚挖出來跟老闆殺價，是她的興趣。有時，冰桶底部的魚過冰，眼睛變白，魚體的黏液流失，這種魚冰不了幾天，正要從我的簍內丟回冰桶，鳳姐總會說：阿弟，這尾給我。

她會拿那些受傷或是過冰的魚跟魚主殺價，就算那些魚她平常不賣。她信奉沒有賣不掉的魚，只有賣不掉的價格，所以她能高價賣掉的魚，她必定咬得緊緊的。這樣個性的人，一定很不愛休息。

阿鳳姐固定休禮拜一、大節過後，一年休不到幾天，我也一樣，兩個人都是愛錢死好那型。愛錢死好，就連清明連假後沒人的平日，魚市公會都會安排旅遊行程，我都不去。魚市休息，我只能往大市場走，一樣的時間，阿鳳姐的車也停在那。

這天，阿鳳姐的兒子穿著便服，阿鳳姐難得沒有進大市場先買一輪，她坐在車上，將駕駛座的椅子打平，開了小小的窗隙。我將關門的聲音放輕，輕輕放下鐵斗，走到阿鳳姐的窗邊，跟她說魚車快來了。她沒有睡，只是跟我比個讚。

我第一次看到她不是穿雨鞋跟寬大衣物的模樣，雖然還是個阿鳳姐的模樣。

她開了後車廂與後座的門，說：「這些都給你賣。」

「阿鳳姐，賣不完也不是叫我賣吧，哪有人這……」正要回絕，她就塞了張帳單給我，上面的價格確實很便宜。「但我覺得……」

「你賣就對了。又沒幾隻，囉嗦什麼，阿弟。」

我看著她，她對我點了點頭。

「你穿那麼漂亮，要去哪？穿那麼漂亮也是要幫忙搬啦。」我說。

她又跑回駕駛座，是等貨卸完就要走的司機。

「穿漂亮就怕臭……」我邊搬邊抱怨。

「嘿啦，你繼續嘴秋啦。等節後過你就知道。」阿鳳姐說。

「你們母子是要去哪？」

「就他們學校戶外教學。」

說完，她催促我快點搬，又叫我別把冰海水漏在車上，說有味道什麼的。我笑她賣魚還怕腥，她直說臭會被人笑。

我搬完貨，將鐵斗拉上。買了阿鳳姐的這批，我也不用補貨了。

「歹勢啦，阿倫。」阿鳳姐邊數著我給她的錢。

我本想跟她說好好玩，別吵架之類的話，想想又好像也沒什麼好叮嚀的。

「很煩喔，魚販還要用得香香的。」我說。

她關上車窗，噴了點香水。「很煩。」

沒載滿魚的March，似乎很輕盈。

後來，我問她為何總要帶兒子上大市場，她只說家裡沒人顧，學校有點遠。我又問了學校的名稱，是私立的小學。

「讓他知道累也好。學費貴死了。」阿鳳姐說。

「啊就不要讀私立的就好。」我回，我也猜得到阿鳳姐要說什麼，大概要說英文很重要啊之類的。

「好啦讀啦，要不然像我們賣魚喔。」我說。

「賣魚也不錯啦。」她反而說起安慰我的玩笑話。

「對啊，不錯，不錯到你兒子每天都最早到校，最早去學校廁所洗手洗腳洗掉臭臭。」

「你很煩。」她拿了整籃的姬鯛和青雞魚，分了幾尾給我。

天還未亮，大多數的人都還在睡，阿鳳姐的改裝March駛入與鄉間風景不搭嘎的私立小學。跟她兒子說完再見，摺好車上的棉被，將副駕駛座調正。

載滿魚的March，又輕了些。

女人魚攤

看著女人魚攤的阿娥姐和她帶領的女子軍團，我知道，偉大的市場女人背後，一定有個軟爛的男人。

阿娥姐將二十公斤的虱目魚搬上車，獨自搬了好幾件。

來市場批貨的女人，很少像阿娥姐這樣，一人扛起採買、搬貨的工作。在吵鬧的魚市，採買不難，要的是氣勢，而氣勢無關男女。難的是搬貨，一件魚貨輕則五、六公斤，重則二、三十公斤，阿娥姐的生意超好，一天魚貨至少一兩百公斤。

從推車舉到貨車後斗，她做得輕鬆。本以為她沒有家庭或是離了婚，要不然哪有女性會一個人來做這些事，後來才知道她有家庭，兒女讀到高中之後，決定在市場創業賣魚。其他女性魚販都說阿娥姐很勇敢，除了創業，更勇敢的是她不像大多數的女性魚販，都是因為夫家或原生家庭才從事魚販（也因此女性魚販旁邊都會有個男人，可能是先生、爸爸或兒子）。

「沒辦法啦，有一群員工要養。」阿娥姐笑說。

問她，先生有幫忙嗎？她笑說不要亂了，她先生是公務員，不懂買魚賣魚的事，她更不讓兒女幫忙，好好讀書才重要。

阿娥姐不讓先生幫忙買魚賣魚，但年節忙不過來時，先生會來幫忙搬貨。

中元節前一天，阿娥姐很早到場，當我把車停好，她已經把不用經過拍賣程序的養殖魚買好，一箱箱疊在車旁，她先生則跟我一樣在車旁熱身。

「快點啦。」阿娥姐說。

「好啦好啦，別念了啦。」她先生回。

阿娥姐的先生爬上貨車後斗，阿娥姐則一箱箱地丟上去，讓他排好。阿娥姐買魚的量是我的三、四倍，假日貨常裝得滿滿，一落一落的貨高過貨斗的側欄，用捆貨繩固定，非大節日她都一個人做。一落疊五箱，多一箱就容易在高速公路上被吹飛。吹飛了，撿不回來事小，就怕撞到別人的車，車損人傷。今天，阿娥姐的先生總多疊一箱，不知燈暗還是阿娥姐恍神，她先生沒被罵，我也不好意思多說什麼。

除了搬貨，她先生也幫忙看顧魚貨，因為年節總會有人偷魚。如果是平日，阿娥姐自己會搬，她的貨量大到魚主會派人幫她上車排好。大節日時，魚主沒有人手，阿娥姐只好請先生來幫忙。

她先生不像賣魚的，就算穿起印有Q版阿娥姐、下方寫著「女人魚攤」字樣的圍兜，也不像是來買賣魚貨的魚販，更像是會亂殺價的散客。不只是因為他穿女人魚攤的圍兜來魚市，更是氣質，一種聽到別人罵髒話會嫌髒的氣質。

沒人會向她先生搭話，我一開始還覺得他怪怪的。他說他是阿娥的先生，打個招呼，又跑回車上。車窗隔熱紙再黑，也看得到他滑手機的亮光，與那偶爾微笑的臉。

魚販的生活時間怎有可能與公務員相同？魚販晚上八、九點就寢，凌晨兩三點出門。阿娥姐與她先生的相處甚至沒有交錯。

「我老公咧，阿弟？」在拍賣場遇到，她問我。

我處在一個三十幾歲仍然會被叫阿弟的地方。

「你老公熱身完，在車上看手機。」

「沒看到這裡那麼多貨喔……」阿娥姐說。

我心想，低頭族怎會看到這邊有一大堆貨？

她撥LINE，按下擴音，下一批魚的第一簍拍賣即將開始，拍賣員大喊：「金線、金線，大小剛好的喔。」祭拜時，這種十三兩到一斤三的魚最好賣，金線魚先煎再紅燒也好吃。粉紅魚體，黃色體線，鰓邊些許藍紫光澤。阿娥姐邊翻那些魚，邊對我比讚。

她比讚準沒好事，意思是說：讚喔，這裡我全要。她全要就是一次十幾件，比市場的大貨主丸Ｙ、丸ㄅ都還猛。丸Ｙ、丸ㄅ甚至會讓她標，不跟她搶，因為跟她搶，她會幾天不跟那些貨主買魚。得罪阿娥姐就沒有生意做，不如讓一點利頭，也多一條路走。

她還在等先生接起LINE，登登登，登登登。

聲音開到最大，旁邊幾個魚販聽聽自己的手機有沒有響。

九簍金線魚，我不挑最漂亮的第一簍，因為第一簍最貴，我挑大小不平均的第三簍。阿娥姐巡過第一簍到第九簍，其中兩三簍比較醜，但阿娥姐覺得沒差。我抓起第三簍其中一尾金線，從魚的屁屁擠出一點體液，咖啡色的是排泄物，白色的是油，食指掃過，聞一下，又將魚丟了回去。

「不要在那裡擠屁屁，幹，魚都擠壞了，阿娥怎麼買啦。」拍賣員喊。

阿娥姐還在登登登。沒人理會拍賣員，有些人會靠很近聞，有些金線魚味道像學校保健室的碘味，又近似漂白水味，都含在內臟裡，滲入血肉，煮熟也沒用。

每一簍金線魚都會有幾尾被擠過，這是魚販的品管流程。只是不擠還好，一擠整個拍賣場都是那個味道，爛咖A就曾經擠完抹在我的人中上，臭一整天。

阿娥姐還在等LINE的通話，登登登登，她不斷按著競標機，要跟她競標的人就得買她要喊的件數，一次三件，我買不了那麼多，不跟她爭。

開標時，登登登登。

丸娥得標。只有一兩個大盤商的抬價者多按幾下，價格比平常低一些。

「來搬魚，你要玩手機玩多久？玩手機還不接電話，快來搬貨。」她說。

拍賣員手指向阿娥，示意這三件是她的魚，她手比ＯＫ。

「阿娥姐，這都你的喔。」我說。她側頭用肩膀夾著還在擴音的手機，抓起一尾露出白色油脂與腸的金線魚，剛抓起，她就聞到，她已經滿手碘味。她跟拍賣員揮手，可惜已經過了三件，三件不能反悔，過奈何橋也不能回頭。

「這裡怎麼有個臭味，阿弟你的喔？」阿娥的先生走過來說。

做事不會做，說風涼話還很在行，拜託，我怎可能買這種魚，我想。

阿娥將第一、二簍臭臭金線魚倒在一起，第三簍用腳推來給我，說：「阿弟這簍給你賣，不用說謝謝，阿娥姐對你最好。」

「三百五，七公斤，不用灌分。」她跟先生說。他聽不懂。

我懂。「才不要咧。」我回。

「長得那麼帥，怎麼那麼難相處。」阿娥姐說。這句話，不就跟早餐店阿姨說帥哥同等廉價嗎？

「搬到車上啦。都你，害我亂買。」

她老公要將一簍簍的魚相疊，又被罵，金線一壓就會軟身脫鱗，壓出腸，味道就會更重。他用鉤子一次一簍拖到車上，彎腰地拖幾次也痠。阿娥姐沒跟他說旁邊有公用的推車，像是在懲罰。

阿娥姐一件又一件地買，放滿旁邊的走道，走道不夠放，又推來一台推車，將六簍魚排成金字塔。

我也搬來一台，排出金字塔，看起來好像我跟她都買很多，其實百分之九十都是她的。

「她買好再叫她叫我。」這句話很饒舌，但她先生對我說得很順，當我傳聲筒。講完，又跑回車上，不知跟誰在LINE，頭低得更下去。

「又來，人咧？」阿娥姐說得大聲。

「我在這啊。」我白目地回。

我以為阿娥姐會罵我髒話說你們這些男人都沒用，但她沒有，只是將她的金字塔推過去，丟到車上，貨車幾次震動，前方車廂的先生手機幾次登登。

她丟得更大力，幾簍金線魚翻倒在貨斗。

一個偉大的市場女人，後面一定有個軟爛的男人。

她先生那時候才出來幫忙，兩人沒有吵架。

「我叫他來幫忙的，有夠難用。」阿娥姐對我說。

中元後，我去找阿娥姐。她的女人魚攤沒有休假，攤位的工作人員都是女性，穿起一樣的圍兜，類似的妝髮，我以為這是阿娥姐家族的姐妹，為了家族才這麼拚，連中元節氣過後都不休息。

「親生姐妹？」我問。

「不同父母的姐妹。她們哪有我美。」阿娥說。旁邊的員工都笑了，口音聽得出是外籍，其中一個看起來都能當我媽媽了。

阿娥姐問姐妹們，有沒有人喜歡我這型的。我說我死會了、結婚了，她又指旁邊的女人，問我：

「你有沒有兄弟沒女友的？這個剛離婚，活會的。」

「男人沒什麼好東西，介紹太好的女人給你們也沒用。」阿娥姐又補了句八點檔台詞。

「啊，你不錯啦，阿娥姐不是說你。」旁邊的女人說。

「不錯不錯，來幫我殺魚。」阿娥姐說。

她拿了件圍兜給我，跟她先生一樣的那件，她先生很高，圍兜很長，我穿起來都快踩到。我不懂為何我放假日還要殺魚。

女人魚攤在年節過後的淡市排了滿滿的客人，我殺的魚比我自己魚攤一天殺的還多。本來想在中元後來看看阿娥姐的魚攤，改進自己的攤位，跟生意最好的偷學最快，沒想到變成員工。一群姐姐賣魚殺魚各有各的工作，過重的魚簍，她們會先分成兩簍，一有客人來，便會有人上去服務，客人的手不會沾濕，甚至會翻鰓捏肚給客人聞。還有洗手台給客人洗手，只差沒幫客人噴香水。

阿娥姐做女人魚攤，一開始是為了自己，作為女人不能沒錢，不能只靠伴侶。結果愈做愈大，便找了常跟她買魚卻偶爾賒帳的單親媽媽一起互相幫忙，員工一個拉一個。有些女人孩子還小，卻要創業，不能深夜去魚市，阿娥姐就幫她們批貨。

來這魚攤工作的女人都有故事，她們不常說，只要開口或是想到什麼要掉淚，阿娥姐就會說，靠自己最實在。她們有恨誰嗎？一定有，只不過忙到沒有時間恨，還得留時間跟姐妹出去玩。

本來只是要路過打招呼，卻做了一天白工。殺魚殺到她們要收攤，阿娥姐說要請我吃飯，請我跟她的姐妹們唱卡拉ＯＫ。我拒絕了，魚販的休假日只有禮拜一跟年節過後，要趕回去陪太太孩子，還得解釋一身魚臭。

阿娥姐有心，拿起手機叫員工幫我跟她照一張相，攤位前光太亮，從另一邊拍又太暗，手機的自動閃光燈閃起。我第一次照相瞇了眼，又照一次。

走之前，我也幫她們合照一張。

作為男人都知道，一個人躲在暗處能看什麼，能拋棄工作的又是什麼。我沒跟阿娥姐講她先生在車上幹什麼，我想她也知道。

走之前，我問阿娥姐何時放假。

她說：「你有太太了，不要整天約大姐們出去玩。」

「不是啦，你農曆七月十六也工作，是休哪一天？」

「每天都休下午半天啊，休那麼多幹麼？」她回。

她還有三、四個員工要養。

「要養老公喔，還是小狼狗？」我問。

「養那個幹麼？養男人他們還會拿錢養其他人，我又不是白痴。賺的都在我口袋。」阿娥姐回。

我想也是，沒有人興趣是賣魚吧，大多是為了養活自己。阿娥姐養了那麼多姐妹，就不養男員工，不是討厭男人，而是讓自己可靠。

我走之前，阿娥姐拿了一袋兩三公斤殺好的金線魚，肚邊、魚頭全都被剪掉。我推掉，她說送也送不完，幫忙吃啦。那晚，我煎了一尾金線魚，魚肚的碘味滲入魚肉，加了醬油紅燒，味道淡了些，兒女都說有個味道，我說是蝦蟹的味道，他們還是不吃，倒入廚餘。

阿娥姐家那幾天的餐桌都會是這些金線魚吧，她先生會吃嗎？

中元過後的年節是中秋，中秋時，阿娥姐沒人幫忙。中秋過後是過年，阿娥姐的副駕駛座多了一人，幫忙搬貨的又多了兩個人，都是她的姐妹。在拍賣台旁，阿娥姐跟一個姐妹一起擠金線魚的腸腹，要教就要教整套。聞一聞，有味道的金線魚，她說跟他們男人一樣，都不是好東西。

男人真的不是好東西嗎？我只好認真點，當個好東西。

阿娥姐已不管先生在跟誰LINE，或是薪水有沒有拿回家，只需顧好自己。在深夜的魚市中，阿娥姐拿起手機照起當日的魚貨，傳給負責社群行銷的姐妹，一來一往，登登登，臉前亮光，很亮，阿娥姐笑得很美。

颱風假

颱風來臨前，每個魚販各有各的買進賣出哲學。爛咖A信奉的就是反其道而行。有時還真會被他給賭對。

颱風尚未成形，還被稱為熱帶氣旋時，我按三餐看它的動態，不是為了颱風假，而是為了颱風價。強颱預計五天後抵台，登陸前三天我得先買好魚貨。這是阿公教我的撇步，遇到颱風，抓準時機最重要。抓準定置網收網、船期較長的船不得不回航，甚至一些養殖漁業會跟果菜業一樣預先採收，我跟阿娥姐都會抓緊這時機大買。

爛咖A則是不會多買，他總說要跟颱風假一起放假，賺錢有數，性命要顧。爛咖A不會不知道颱風過境後，近海漁業還會影響約四天，而他怎麼休也不可能休四天。

「你憨憨的。今天不買，明天沒東西。我阿公都有說。」我說。

「你古早人才跟阿娥、邱伯一樣信這套。我那個市場，颱風一來都好幾天沒人，我的攤位還擺泡麵、麵筋、海底雞咧。」爛咖A回。

魚販雖說是靠天吃飯，但我們還有冰箱。颱風未到，海上的巨浪與顧客卻先到，好像最可怕的不是風災，是漲價。顧客跟魚販都一樣，擇時買入，幻想自己買在魚價的起漲點，只要比別人買到的便宜一點，吃魚時有這種喜悅便更好吃。

為了颱風後的三、四天空窗期，魚販們大多會預先存貨（顧客也會），有時更像是在賭。賭放颱風假會無風無雨，客人將蜂擁而來；賭錯了，就成庫存，要不認賠殺出，要不變成貨底自己吃。

爛咖A不是不買，而是在等真正的颱風價。魚量大，一天消不完，第二天就會跌，他在等這個。當大家都超前部署，他會後退一步。大家猶豫不決，他會勇往直前。跟大家反著做，這是他的生存之道。所以，他要不買到最便宜，要不就沒有東西可買。

沒有東西可買，他會等到真正的颱風假。

颱風抵台前兩天，爛咖A開始動作。他買下那些賣不完、已在批發商冰一天的魚，也買那些從北部大市打下來、第N輪拍賣的魚。

對我們這種零售魚販而言，會賣魚不是師傅，會保存魚才是，但批發魚販是反過來的生態，他們的隔夜魚總是隨便亂冰，冰得像是我們的隔週魚，特別是這種突然大量卻無人低接的颱風天。眼睛白霧、毫無黏液。「隨便啦，賣得掉就好。」一個魚商說。

爛咖A會接很多這樣的魚，在他的攤位上一盤一盤地喊：「颱風沒菜沒果，來吃魚，別人漲價我降價。」其實爛咖A還偷偷漲了價。只要客人向前，一猶豫，他會再補上一句：「下個禮拜都沒魚啦，你這盤是最後一盤。」

像是服飾店說這件是最後一件，像每個愛人都說對方是摯愛，每一盤魚都是最後一盤。但那些魚說多醜就有多醜，是過季的衣服，是吃飯不出錢的情人，是客人只能說便宜嘛颱風嘛將就點的鮮度。

我們常會賭看看颱風會不會登陸，會不會有颱風假。爛咖A每次都說不會登陸啦，不會有颱風假啦。這種颱風的生意，就是做前兩天魚價漲價的預先題材。

只要爛咖A買得少少，就代表颱風會登陸、吹得連生意都不能做。我則跟他反著做，我認為放了颱風假就得煮飯，有人煮飯，我們就有生意。

「吼，你不要跟阿娥同一招好不好，人家阿娥姐耶，你什麼咖？她家生意這麼好，我看你這樣補，賣不完還得求她。」

「你懂什麼，我冰魚師傅，你行嗎？」我回，他拍手叫聲師傅。

「唉，老一輩那種民眾放假，賣魚的不能放的觀念，要改啦。要賺就賺一波就好，整天想什麼都賺飽飽。貪心啦你們。」他說。

「我跟阿弟都是為民服務，颱風買不到魚，很慘耶。」邱伯跑過來插嘴。

「多慘？可以吃肉啊，可以吃罐頭啊，還有海底雞咧。」爛咖A說。

這句說完，拍賣台轉來一件銀色褪色成灰的肉魚。

「買啊，倫ㄟ買啊。」他鼓吹。

那麼醜的魚，誰要？但爛咖A標了下來。

「買這種的當天賣完就好，公斤入台斤出，爽啦。」

下一批依舊是肉魚，是裝在海水冰保麗龍箱裡的特級貨，我買這個。走之前，魚市廣播因應颱風，週六日休市，週一公休，連休三天。

「你信不信，三天後你那件還賣不掉。」爛咖A說。我作勢打他，他臉靠過來輕拍自己兩掌。

「你那種爛魚，跟你一樣爛咖，才賣不掉咧。」我笑說。

怎樣也得把這批魚和冰箱裡滿滿的魚賣光，我想。

當天，那批魚賣了三分之一，冰庫裡的庫存消了三分之一。到了晚上，無風無雨，全國卻放颱風假。我問爛咖A明天要不要工作，他回休息，賣光了沒東西。「祝你大發市呀，倫ㄟ，明天沒雨去看你。」他傳了個挖鼻孔的貼圖。

隔日清晨，無雨，市場都是一些放颱風假的消費者，魚攤前排滿客人。我心想，爛咖A怎還不來，讓他來看看誰對誰錯。

賣了一輪，肉魚還剩一半。爛咖A來了，我叫他去幫我殺魚，他才不做，但跑到攤前幫我賣魚，還將價格偷偷漲了一些。颱風假、颱風價，他喊得很順，賣得很快。他問我還有多少。「不用管啦。賣得完啦。」我說。

賣完那批，風雨才來。爛咖A開始笑，笑我魚攤後方堆的保麗龍被吹走，我追著跑。笑說客人都被吹光了，還在市場大喊颱風來了。在鐵皮雨遮刻意撐起雨傘，讓風將雨傘吹到開花，爛咖A真神經病一個。

「爛咖，你知不知道會賣魚不是師傅……」

「知道啦！這老一輩在說的，會冰的才是強者咩，把魚冰起來被風吹啦。颱風假，颱風價，你要記得啦。」他回。

後來，那批肉魚冰到變醜，我們家吃了兩個禮拜還沒吃完。

開市的第一天，沒什麼人入魚市大買（看來大家都還有庫存），只有爛咖A大買，又買到幾批便宜的在那炫耀。他點開漁業氣象，看了衛星雲圖，指著菲律賓旁一坨像沾濕衛生紙的雲團說，又有颱風了。

「這次跟我學啦，倫ㄟ。」

東港現流

東港仔賣的魚不來自東港，但不管來自哪裡，他都說：東港的啦。就算客人吐槽，他回嗆，不爽別買啊，也沒有人因此不掏錢。

常有客人問我，攤位上的海鮮從何處來，我如實回答，也有人仍不相信。如果跟客人說產地直送，他會問：「你熟產地嗎？」質疑我賣魚的經驗，甚至說我的口音沒有海口腔。拜託，我賣的是魚，不是我這個人耶。

直到看過東港仔賣魚，我才知道當魚販要懂魚，更要懂人。懂什麼人？懂客人，懂哪種客人要用哪種方式才會好賣。

東港仔真的從東港來，魚攤上的招牌寫著「東港現流」，還配上華僑市場的圖片，只差沒把自己的身分證放上去。人都產地直送了，魚從何而來便不用證明了。

東港仔坐在攤位的冰床上招呼客人，屁股不怕冰冷不怕濕，攤位只有一兩種魚。他最愛擺特別大尾的，一尾魚沒有七、八公斤他不賣。海鱺、鮭魚、龍膽石斑，一尾尾完整擺好，等著讓客人下殺頭令牌，客人指哪尾，他就將那尾開剖。才殺開幾尾，檯面變得凌亂，頭、尾、腹散落，分不出哪塊是哪尾魚的腹。

我問他，這樣怎麼會賺，再怎麼傻的客人也會從整尾全新的魚剖開，拿中段。「你最憨，拿中段第一個剖開的最憨。」他邊抽菸，邊把刀來回劃在磨刀石上說。

他開攤，擺上那些大魚。燈還沒開，客人已經在等，最先來的就選最肥的剖。「中段最貴喔，妹妹。」東港仔，八十歲的阿嬤也叫妹妹。

客人看著東港仔刨起大尾魚，魚鱗四飛，噴到包包衣服，噴到臉上，客人就會往後退一點。東港仔不急，慢慢地刨，動作一樣粗魯，劃下第一刀直至魚骨。

拿起木槌往刀背打下去之前，東港仔問：「妹妹，你要多大片？」客人隨手比個大小，槌還沒落下，另位客人就出聲。「慢慢來，一個一個慢慢來。」這一槌，又是五分鐘。

切下第一片，每個客人都出聲問：「多少錢？」「多重？」

「五百二。一斤二。」東港仔說。每個人都拿了一千要找。

「都不是你們的啦，安靜。」他拿刀指向第一個客人，露出黃齒笑笑地說：「你的。」挑兩下眉，又抽一口菸。現場發出幾聲嘆息。

「要排隊，各位妹妹。」東港仔說。

一刀一刀落下，東港仔切起中段，邊說這部位比較貴喔，客人都回沒關係沒關係。「切下去不能反悔喔。殺頭沒有接回去喔。」叮嚀再三，東港仔讓魚刀切得更寬一點。「妹妹要不要？」東港仔一問，沒有冷場，立刻有粉絲回應偶像：「要！我的我的。」

中段沒了，他會說，還有另一尾喔。

「一樣部位，一樣貴喔。」他切起第二尾、第三尾，換一種魚繼續切。直到沒有一尾魚體是完整的，這時東港仔已經賺一輪，剩下的頭尾，東港仔也不隨意賣。

東港仔賣的魚不來自東港，來自挪威、中國、菲律賓，也有來自養殖魚塭的。不管來自哪裡，他都說，東港的啦。就算客人吐槽，他回嗆「不爽別買啊」，也沒有人因此不掏錢。

東港仔菸和髒話不離口，常常拿著刀對客人發火，個性愈古怪生意卻愈好。他總比我早收攤，不時會來看我的攤位上有什麼貨，看到黑喉、銀鮫、大目鰱，就問：「這些東港來的喔？」又不是每種魚都從東港來，這宜蘭大溪的。我回。

他曾遞給我故鄉兄弟的名片，說跟他們拿貨會便宜一點，拿過幾次，卻收到一些爛魚爛蝦，跟他們客訴，還被嗆新來的不會賣魚喔。

台灣的海產有些只有一個產地盛產，例如馬祖七星鱸、澎湖的珊瑚魚類，但也有些地方的產物因為地理條件而高度雷同，例如東港和宜蘭大溪，櫻花蝦兩邊都有，深海拖網業兩者也是，還有紅喉、黑喉、東港鐵甲蝦（宜蘭叫角蝦）。東港黑鮪來自台灣南側太平洋，宜蘭黑鮪則更近與那國島。一南一北，都有特別深的海床。

東港仔有時會跟我叫幾斤角蝦，在攤位上直接生食。角蝦藍藍的蛋散在清醬油與芥末當中，攪散變成泥巴水的顏色，藍色的蛋不像會生出豔紅色角蝦的樣子。他筷子夾起芥末含入，眉頭一鎖，辣啊。

他用吃過的筷子夾了很多角蝦卵和芥末，推到我嘴前，下巴挑了一下。

咬下蝦卵，啵啵，海水的鹹。

我也眉頭一鎖，嗆到只能哭。

「那什麼蝦？」客人問。

「鐵甲蝦，東港來的。你不會吃啦，不賣你。」他才不會說是我在賣的。那個客人走到我攤前，只把角蝦摸了摸，看到亮藍色的卵，問：「汙染的喔？」又翻了幾尾角蝦，抱卵的有些氧化後會變成軍綠色，她繼續問：「汙染的喔？」

我懶得解釋。東港仔卻笑我不會做生意，太乖了，沒有個性，誰會想跟乖寶寶買魚。

有次，他跟我叫角蝦，我送他幾尾大溪稱為大帕蝦、溫泉蝦的品種，我不清楚大帕蝦為何叫做大帕蝦，我猜是這種蝦頭很大又脆殼，壓到就扁就碎，台語就說「冇冇」（phànn phànn）。東港仔說這種蝦他那邊也有，就大甜蝦。

他在我面前吃了一隻大帕蝦，吐了出來。

「這蝦吃西藥是不是，一個藥味，是想臭誰？」他說。

「這都有啦，大溪那裡有海底溫泉，這泡溫泉的咧。硫磺味習慣就好，你東港那邊沒有喔？」

「沒啦，誰跟你火山。」他回。那時我才清楚東港的鄉愁，並不能從大溪這邊挪移。

他拿起比東港產的鐵甲蝦大得多的宜蘭角蝦，從蝦的中段側邊折拗，跟折筷子一樣，啪，斷開，取出肉來。一隻折開吞下，又吃一隻，留下頭跟殼放在一旁，邊吃邊喊起攤位上十幾公斤的黃鰭鮪。

「來喔，黑鮪魚喔。沙西米喔。」他喊得很大聲，我們都知道那不是黑鮪魚，只是一公斤一兩百的黃鰭鮪，是能生食的等級嗎？誰管得著呢。要切生魚片的客人問他能不能幫忙切，他手上那把刀沒換沒洗怎麼切，他剖開背肉，用塑膠袋包起。

「殺魚要師傅，吃生的靠自己，拉肚子算自己的，別來找我。」一條背肉五斤，一斤兩百五，再大的家庭也吃不完這麼多的生魚片。

「這麼會賣，不在東港賣，跑來中部賣這一小攤，有趣味嗎？大材小用。」我說。

東港仔把那些蝦頭蝦殼丟到鍋內，煮起味噌湯。

「你買豆腐，我就回答你。」他說。

我出豆腐，他出故事。他開始說他以前是做賣下雜魚給飼料廠的生意，打開掌心說：「那些魚就這麼大。」長輩都說賣這種的折壽，要他別賣了，但賣給飼料廠好賺，生活除了賺錢，沒其他娛樂。「窮到只剩錢。有閒睡覺，要不就喝酒。」他邊說邊用牙齒槓開玻璃瓶蓋，先喝幾口，再倒一些啤酒入味增湯。「不過，好賺的，台灣人就會來搶啦。」

他離開故鄉，是因為同鄉的搶來搶去，亮刀亮槍，變得什麼都不好玩了。

「阿倫，你看。」他指臉上的一條長疤。

「你太白目，被砍喔？」

「白目喔！那時睡太少，太疲勞就車禍啦。」

東港仔也跑過一陣子漁船，走私什麼的也都做過。他說了我才知道，為何不曾在魚市看過他，因為他都「產地直送」。養海鱺龍膽石斑的、走私黃魚的，都是他同鄉，一通電話就有人派回頭車直送至府。

「我最誠實，不騙人。你看這些，都嘛東港直送。」他用大湯匙拍拍智利鮭魚的頭，盛了一碗都是他吸過的蝦頭蝦殼煮成的味噌湯。

至少他本人是東港直送沒錯。

就算不問東港仔，我也知道他為何不用東港的海鮮。因為東港來的不一定好賣。曾有客人質疑：「這些魚都養的，不然就進口的，說什麼東港？騙我沒去過東港喔。騙子。」東港仔就回：「華僑市場也有賣這些啊，你去那裡罵，不買滾啦。」

再多煩他幾句，東港仔揮起那把血都乾塊的刀問，吃什麼正統東港魚？黑toro，鐵甲兵，還是那個魚喔？「笑死人，你們這些中部人吃紅目鰱還要剝皮，懂吃什麼東港魚？東港來的你也不會煮啦，當作我這裡海產快炒喔，你明天有種就來，我有什麼你就買什麼，不買給我安靜啦。」他說。

那客人回：「明天相等。」

其實中部的海鮮市場很排外，排的是口味、是食癖，例如澎湖加志會被嫌灰色很醜、皮又韌，太平洋的飛魚則被嫌刺多，東港仔跟其他魚販沒差別，只是賣好賣的。

東港仔的魚攤隔天擺了超多的那個魚，無鱗、張開大嘴、褐白色十幾公分的身體，長得超像異形，一堆堆擺在攤位上，完全不加擺飾。東港仔坐在攤位上抽菸，等那位客人。「東港那個魚喔。」喊得隨便。

幾個客人停下，好奇這是什麼魚，但不買也沒用。東港仔那天很閒，太閒，才賭氣賣這種易腐難賣的魚。

當那位客人走過，他伸出腿，髒髒的雨鞋擋路。「你不是要買東港的？要幾十斤？」東港仔說。

沒有人回。

「要買不買？沒有膽識就不要買，俗辣。」東港仔將腿挪開，讓那位客人走。

我笑東港仔有夠無聊，那些魚賣也賣不掉。隔天，他賣起東港來的冰島大比目魚，切一塊送三斤那個魚。過幾天，也沒有人回饋那個魚好不好吃，東港仔也覺得沒差，這裡喜好的魚不用產地直送，只要無刺多肉好煎煮。他早就想好自己如何在外地生存，就是賣當地人喜好的魚。這是講方便的世界，麻煩的別賣，東港仔是這麼做的。

他又熱了那鍋湯，加了許多那個魚，喝一口。這是漁船上、東港的港邊味。我喝，腥了些，加了更多的米酒，吞入口。

後來，東港仔不再賣真正的東港魚。不好賣的魚就算產地在天堂都沒有用，他賣的不只是魚，是東港仔。

我家的魚攤已傳三代，到我接下攤位時，顧客中不乏看我長大的人，總會拿阿公、爸爸來比，比的不是專業，是感情。不甘願只當受長輩庇蔭的魚販，從不同產地直送過來的魚，有些顧客沒有看過，便說這攤變糟了，也有些樂意嘗試。東港仔說我是乖寶寶，乖的是留在家裡攤位幫忙，不出去外面闖闖，乖的是過度以客為尊，沒想想自己想當怎樣的魚販。

想當怎樣的魚販呢？有媽媽型、霸道總裁型（要買不買隨便你），更有廣播電台型。這些我都不適合，我說不出海口腔，也不常撒謊，甚至客人說起別人的八卦我都迴避。我只想當個知道客人想吃什麼就配什麼的魚販，對每個路過的人喊：「來喔，好魚喔。」

客人一停住，就看一下他提的塑膠袋裡有什麼。有時看臉看穿著，黝黑的老農喜歡吃白帶魚、九母梭，務必提醒他們要抹重一點的鹽（古早時候這些魚都會用鹽水漬過才賣），年輕的主婦推薦無刺的魚，穿著比較華貴的婦女，推赤鯮、白鯧、白北。

做個魚販是做個自己。東港仔做豪邁的海口人，我則是想當每個客人的占卜師，不按星座血型，而是透過我所看到的客人模樣，給出每日「魚」勢。

每日魚勢準不準，客人來幾次便知道。記得，來跟我買愈多次，我的預測就愈準喔。

切掉魚頭

一週光顧兩次的女客人，我替她把魚頭、魚腹分裝好，讓她更方便煮。她卻留下那袋魚頭、魚腹，說：「幫我拿去丟了，謝謝。」

她一開始叫我幫她選幾尾鱸魚，秤好之後，她又問有什麼魚適合煮湯。攤位上有澎湖的玳瑁石斑和東石的石鱸，我各抓起一尾，翻鰓，手拿著魚頭，魚身硬挺。她說她要看看，我把兩尾魚放在藍色塑膠盤中，再多抽一個塑膠袋給她，避免沾手。

戳了戳魚身，輕輕地。

捏了捏魚腹，輕輕地。

我猜她並不能分辨魚的新鮮，「都很新鮮啦，小姐。」

她擠了擠魚腹後段的泄殖腔，玳瑁石斑滲出透明液體，石鱸則是黃白顏色的。她拿掉塑膠袋，手指抹過，聞。那是確認魚體有無咕咾石味的方法，進入內行人的第一步：不怕魚味。

她把那兩尾魚放入盤中給我，表示再追加這兩尾。我稱讚她是內行人，她只是微笑，交代了把魚頭、魚腹兩旁的肉切掉。是為了煮湯多幾塊肉吧，我想。殺好魚，我把那些魚頭、魚腹另外包裝。

我一直認為，我提供給客人的服務很好：魚分切後進冷藏室，冰箱的風吹乾魚身，魚身沒有血水後，再依照用途包裝；甚至客人不用多說，便依照他們的飲食習慣殺取。我將那些魚頭、魚腹分裝了，補充一句「這樣比較方便煮」，她卻把那袋魚頭、魚腹放在攤位上，說：「幫我拿去丟了，謝謝。」

魚眼與魚腹的肉、血，看起來不像食物的樣子嗎？或是她跟我一樣，是個不會吃魚頭的人？我沒多問。

這個客人一個禮拜來兩次，每次都會買幾尾鱸魚再加兩到三尾的海魚，每尾海魚她都會擠泄殖腔。三角魚擠，馬頭魚擠，沒什麼內臟的長尾鳥也擠。看著她手指抹抹石狗公粗礪鱗片下的孔洞，很想跟她說那種魚不用聞，只是徒沾魚腥而已，但又不想吐客人槽。

當她拿起一尾腹部乾扁的紅目鰱，我說：「小姐，你很內行喔，海魚都要擠跟聞。聞到有臭再跟我說嘿。」那尾紅目鰱，擠不出什麼。

「以後這種海魚不用擠了，這種事我幫你。」我說的這句話，她沒記起來，下一次來，她還是聞。知道她聞了若沒問題就會買，我沒多制止她。買多次之後，熟了，我問她幹麼每次都要聞，她只說買過有漂白水味的。其實魚體有咕咾石味，不是被下藥，只是食物鏈的關係。

買到有味道的魚，公公不吃，老公碎念，整包魚丟掉。她描述那天，她家的廚房飄著像是電鍍時發出的金屬燒熔氣息，抽油煙機抽了整夜都抽不掉。賣她那尾魚的魚販，隔天的回答跟我一樣，說那是咕咾石味或消化液的味道。

後來，每尾海魚她都會擠擠那個地方。

「你有吃過那種味道的魚嗎？」她問。她又說她沒吃，因為她吃素。

我吃過。金線、三角、石鱸、馬頭都是有那種味道的魚，那些都是貨底，客人挑剩或是開起保麗龍箱時聞到就打掉不賣的魚。貨底的魚往往魚腥較重，咕咾石味的魚毫無魚腥，但比不新鮮更難吃，因為如此，第一次選魚時，我也像她一樣每尾都擠擠屁屁、聞聞味道。魚販都說那叫做屎洞味。

後來，我直接幫她選了，在她面前走一次我平常批發時選魚的流程。先看身體光澤，拿起魚感受身體軟硬，輕壓腹部、抹過泄殖腔，聞。不用翻鰓，不用硬壓感受彈性（這兩點做了，感覺有點外行），她只需說好哪幾尾並付錢，我便會處理得很好。
她總多說一句，記得將頭與腹部拿掉，她不要。一旦我家幫忙殺魚的表哥忘了這個步驟，隔天她就笑著說，你知道我昨天切那顆頭多累嗎？

「要把頭與腹丟掉，魚頭和魚腹最多毒了，記得。」
對她而言，吃頭並不是三分補，她公公不吃魚頭、魚腹，不是因為吃起來麻煩，只是會有濃郁的味道，只是身體無法負荷較高的營養和可能存在的重金屬。醫師並沒有跟她和公公說為何不能吃魚頭、魚腹，只說魚頭、魚腹比較毒。
我說，公公不能吃，你可以吃呀。但她吃素。
她是為了公公吃素。
「不是信仰……啊也算是啦，去拜拜有跟神佛說，神佛不會給你答案，但公公有好轉一點，就當神佛有給回應。」問她為何吃素，她回。

「不是為了還願，沒人叫我還。我總不能煮滿桌的菜，公公吃特殊的吧。」

「先生小孩呢？」我問。

「吃別的呀。」她回。她還是煮了滿桌菜放在廚房吧，我想。

我想像的不只如此。清蒸海魚、燙青菜、活力湯（蔬果汁）、糙米飯。原色、原味的食物，她的公公面對著圓桌。「爸，你先吃。他們等等吃。」

她的公公用筷子選著要吃什麼，「無味無素無趣味。」剛開始患病的公公會這麼說吧，會吵著要吃以往愛吃的滷肉、煎得乾鹹的肉魚吧，「你又不是不會煮，只會燃、只會蒸。」會這樣抱怨，甚至說得更難聽：「廚房只剩電鍋而已嗎？」

這些都不是醜化，我幻想陪伴者遇到這些如同地板細沙、不會影響什麼卻令人在意的碎念。「公公不是惡意的。」她會這樣跟旁人說吧。

「我先生跟小孩，他們吃自己的。我會先陪我公公吃。」

圓桌兩人相鄰而坐，一尾紅目鰱，給公公一人吃。「你那麼瘦，吃一點。」魚盤推過一點，她沒有動筷。她面前是豆類、與公公一樣的青菜、偶爾懶惰會有的麵筋。公公不能吃麵筋的甜與鹹，她又洗過，看起來更難吃了點，但公公不會說「你有我沒有」的任性話。公公將魚推過來，她又推回去，一次兩次三次，她沒有說為何不吃肉不吃魚，她會跟公公說：「我吃菜了，吃素了。」

「何時信教了？我家沒那麼虔誠。」公公會這麼說。

「沒啦。」她還在想，要回是為了健康嗎？誰的健康？會不會在生病的人耳裡變得諷刺呢？還是要說減肥？說減肥一定會被罵，罵說那麼瘦減什麼。「想吃素嘛。」她還在想，要不要說自己在靈修瑜伽有機飲食什麼的怪理由，但公公一定聽不懂，算了算了，她想。

她先吃完分量與公公差不多的餐點，公公叫她先去忙，她說不用。她注意她公公喜歡吃什麼又對什麼生厭，討厭的食物如果是一定要吃的，她腦中還得想下一次要打成泥或是剁成碎，包成魚丸好了。當那些煮食的點子跑出來，她又開始顧忌會不會兩樣都不喜歡吃呢？

公公夾魚，她盯著魚肉的邊緣，留意有沒有會透光如玻璃針的細刺。小孩卡魚刺，頂多送耳鼻喉科，老人卡魚刺，會說要吞一口飯、吞醋這類錯誤的方法，搞不好還要送醫，感染什麼的也麻煩。

「稍等一下，有刺。」她挑起。

幻想至此，她買這些魚回去後，一定是自己剖開拉刺。

「要幫你剖清嗎？」我問。

「可以嗎？會不會麻煩？」她回。

會麻煩，但我幫你做總是快一些。魚在砧板，魚刀對著魚頭，手往刀背一敲，頭身分離。將魚腹肉剪掉，拿起魚刀掃掃魚身上的鱗片，將尾部劃口，拉深深一刀至頭部的背肉。翻面，一樣的工法。

接下來，朝魚的腹面劃刀。

兩片清肉，拿紙巾包起，裝入塑膠袋。

一片魚骨，拿起魚刀將髒血切掉。

「魚骨還能煮湯。我殺很快吧。」

邊說邊幫她拉起魚身藏在肌肉裡的刺。

她笑了笑。

「謝謝。」她說。

偽裝魚販的指南

想當內行人，就要在正確的時間，扮裝成正確的角色。
基本標配外，內在的展演是重點。

常有人問我怎麼買魚。有些人問魚的鮮度、去哪裡買，還有些人想要變成內行，不要被人看低。偽裝成魚販？魚販Cosplay？可以喔。我也想寫一本《如何偽裝魚販一次就上手》，但裝成魚販能買到比較便宜一點的魚之外，沒有其他好處了。

該怎麼裝呢？先從穿著開始。

首先要有個斜背包，兩層三層內裡，一層要有魔鬼氈能裝手機，防止手機掉入保麗龍內的海水冰、掉到積水的地上；一層要有能放貨單的地方。批發市場沒人在揹後背包，賣方魚主比較喜歡用霹靂腰包，腰包放了什麼？筆、商標紙跟零錢。作為買方的批發魚販，用霹靂腰包太小，斜背包才夠放每日的貨錢。別怕包包沾到魚的黏液與血水，讓它髒，把這些沾染都當成日常，才可以偽裝成一個魚販，這點不單指包包，連鞋子衣服都是。

可以不用穿雨鞋，但不要穿高跟鞋、皮鞋。不穿雨鞋的批發魚販，有每天腳都被水泡白的拖鞋黨，還有像剛入行的我，覺得雨鞋太硬而穿運動鞋的人。我們都不怕沾染，工作用的運動鞋面布料乾了又濕，附著積水、積血，鞋面網布有魚鱗不用清，久了網布會變硬就得將鞋丟了。習慣穿雨鞋吧，格菱紋、軍靴型，甚至帆布鞋模樣的膠鞋都可以。但最正統的還是高過小腿腹的達新牌雨鞋，高筒可以防止後跟踢水和後面走路不看路的魚販踢起水花，記得把褲腳塞進去。

如果有這兩個配備，魚販力已加二十。

至於要不要穿多口袋背心，大眾媒體上的魚販形象大多是穿多口袋背心，不是那潮潮的戰術背心，就只是很多口袋的那種。我能理解釣魚人需要這種背心，但魚販不用，我們有跟哆啦A夢百寶袋一樣的斜背包，不需要茄子蛋〈浪流連〉MV裡頭吳朋奉的穿著。穿上最不想要的衣服，臭了壞了都沒差的那種，冬天穿個防風外套，要讓旁人感受到「我來工作，我來買魚」。

魚販的外在只需要斜背包加一雙雨鞋。內在的展演更為重點。

先說好，要學學整套。

在水窪片片的拍賣場中，挺胸大步走，踢起水也沒差。遇到走很慢的一般民眾，大聲喊借過，夠有勇氣就喊：「燒唷！」明明很冷，也要喊得很燙，手上有炭燒火鍋一樣，他們不讓你讓誰。看到很多保麗龍的推車要閃，要不然就走得比他快，不要扭捏停在那，旁邊的批發商看到你這樣，會想：「這人散客。」不是不講禮貌，只是時間很貴也很少，三點到五點是批發魚商的精華時間，要快點賣，八點前下班，八點到十二點補眠，下午兩點開始叫貨，晚上八點睡覺。什麼時間都不能浪費，一有遲疑，事情就會塞車。

節奏繼續保持，一到魚攤，別急著問老闆推薦什麼，作為一名偽裝魚販，怎可以要人推薦？先在家中讀一下魚圖鑑、魚月曆，不要跟老闆講學名，沒人聽得懂，先講俗名，例如肉魚就肉魚，不要講疣鯛；紅槽就紅槽，別講銀紋笛鯛。

做人可以溫柔，眼神務必銳利，看向可辨認的魚種，直接問：「這多少？」老闆說個價位，別問是公斤還台斤，一問就會讓人心想：「你是來市場買菜喔？」批發市場都是公斤計價的，台斤是公斤的零點六倍，如果覺得貴，就說聲謝謝走人（可以不買，但務必感恩），如果覺得價格可以，要問是實價還是要灌分，灌分是指要不要加行費，通常是百分之七。

如果沒有直接給實價，而是標價加灌分，要暗自竊喜，表示魚商已將你當成㊣批發魚販。在批發市場買魚問價格，腦中自動乘上灌分是常識，如果要殺價也只能透過灌分的百分比去砍，頂多砍個兩趴，魚商賺什麼？賺轉手的錢。

在批發市場買魚，刻意裝懂沒有好處（應該說人到哪都不要刻意裝懂），看馬加魚說土魠魚，指變身苦說石鯛，很常聽到這種笑話，沒人會把這種人當肥羊，只覺得很蠢。

想確認鮮度？請動手摸，摸魚後不要猶豫，將滑黏的手往屁股一擦，擦上衣也行。不要跟批發魚商要什麼衛生紙，夠熟就會給你，不熟就「煩欸你」。不能捏、不要壓，可以打開鰓蓋聞幾尾，可以捏泄殖腔聞異味，但別捏魚身。合格的批發魚販，必須在拿起魚時知道魚的鮮度，更明確地說，用看的就得知道行不行了。不要裝懂，裝個樣子還可以接受。

當買到人生第一簍魚，會驚訝為何如此便宜，會覺得自己的扮裝幻術騙得了世界了。錯，一句話就會毀了你的扮裝，一台買菜用手推車就能聞到菜味。

當魚商幫你打包好，你可以很酷地提在手上（對於批發魚販而言，提十公斤的塑膠袋、負重走個十分鐘是小事），像市場大媽提很多袋反而不酷。可以跟魚商說打些冰塊寄放一下，如果要保麗龍盒還得問有沒有漏水孔，有漏水孔就提醒別打冰（除非想讓車變成水車）。買太多提不動的話，別傻傻拿推車來推，還拿自己的菜用手推車，彎腰推起喀啦喀啦的輪胎，光想就很遜。

「老闆，可以幫忙送到車上嗎？ＡＸＸ－＊５１＊。」颯爽地報上車號，切記，要颯爽。

「蛤？」

「＊５１＊，後車門沒關，黑色小轎車。」

專業不失豪氣的表現，帥且效率。

切記在後車廂放上防水材料，送貨的不會管你後車廂會不會淹大水，除非跟我一樣已經習慣那樣的臭了。

學到這裡，恭喜，你已完成偽裝批發魚販的百分之十五進度。

研究所肄業之後，當兵回來的我花了一兩個月學這百分之十五，寫起來很帥，做起來很累。選到爛魚，被偷笑；選到好魚，沒人肯定。

一開始，我連自己的車牌號碼都記不得，提著大大小小的塑膠袋在拍賣場走，還被當成散客大戶，每個人都叫我帥哥，我還以為我進了早餐店那個只有帥哥美女的世界。穿著會滲水的球鞋，買兩個小時，手瘦腳濕，買貴被罵，買醜被笑，回到車旁得巡自己的貨有沒有搬對，幾次放到鄰車，幾次少了一簍。開車時默背車號，將魚商魚攤上的魚默記一遍，拍賣場的拍賣價格當成股市K線圖想，邊想邊開，好想睡喔。天一亮，光直射雙眼，醒來，我在哪我是誰，在哪個車道又哪一條路。

對喔，我是正在學習如何裝扮成一名批發魚販的魚販之孫。拿出斜背包裡頭印有我家商號的「丸峰」商標紙，我學了百分之幾了呢？

「丸ㄅ，那個多少？」我問。

「哪個？」他回。

我用下巴點向想要的魚，他報價格，我說全包。

用錢累積帥氣，課金累積熟練度，最快也最好，不要聽信什麼殺價可以變專業的話。要累積偽裝批發魚販的經驗值不難，每次去採買，記得待人和善，笑臉迎人，最重要的是要瀟灑地採買，然後，報出車號吧。

如果你只要買一尾吳郭魚，別去亂了。

講到這，還有百分之幾沒有講。如果真的想知道，來找我，說多了必有迴響，到時記得買一本《如何偽裝魚販一次就上手》。對了，偽裝批發魚販記得要早起，起不來便不要睡，六、七點已人去樓空，剩下啄地面碎肉，幫死去的魚做天葬的小鳥。最後才到的魚販要不買到最便宜，要不買到最貴。

偽裝的人就像是偽裝的，正確的時間扮裝成正確的角色，穿上批發魚販的迷彩，買魚去吧。

輯二　魚販日常

貴人與小耳朵

三十歲那年，我決心離開父親，離開家裡的魚攤。

五專時，藝術賞析的老師懂面相與手相，他看著我的臉，指著手掌上的一條線路，說我的那條線跟小耳朵注定沒有長輩緣，還說我額頭不美、鼻子很好、下巴也不錯，篤定地說我三十歲時，人生會轉好。

三十歲後的長輩緣呢？我問。天機不可洩漏。他笑笑地說。

我一直記得這些話。

三十歲，我二兒子出生的前幾個月，爸拿支票跟我調現金，支票期三個月。孩子出生與太太坐月子準備的錢，被我爸拿去周轉，一次兩次，後來，三天就周轉一次。開了四、五張支票，孩子出生、太太坐完月子都還沒到期。自己爸爸嘛，總不會害兒子，我想。

直到太太生產的那天，爸嘴說恭喜，下一刻他叫我出病房，我知道那是借錢的口吻。

孩子出生，他沒給媳婦紅包，只是說辛苦了。

借多少？我問。

九萬。他說。

我叫他自己去放錢的地方拿。隔天，我聽到他跟地下錢莊的通話。趁他不注意時回撥，我的小耳朵貼著話筒緊緊地，問了對方，什麼時候要還？對方警覺地說你是誰便掛掉。我將電話抄下，用我的手機再打一次，我說有資金的困難，他說起誇張的利息。那是孩子出生的第二天，距離我三十歲的生日剩一個禮拜。

孩子出生的第五天，我將還放在原生家庭的家當都搬到太太娘家，二十坪的兩房公寓窩了五大兩小。第九天，我的生日，連一杯手搖飲都不敢買，小姨子請我一杯紅茶，就算是微糖都好甜。

三十歲時，我人生沒有好轉。

算錯了吧，老師。

真的沒有長輩緣呢，老師。

還清一部分爸的債，我說要離開他的魚攤，他叫我留下，說他一人還不完。我留下半年，才發現他欠得更多，我以為我能走，才發現自己沒有其他專長，讀了一半沒畢業的社會學救不了我，毫無工作經驗，留在魚攤的半年只接到保全的職缺。曾想過考公務員，但五專的學歷，起薪只有三萬出頭，養不起兩個孩子。去開計程車？但當初買的房車已拿去還債。

寧願一無所有，卻背負重擔走在粗礪的路。

問自己怎麼辦，該怎麼辦？無聲地小聲地，那些聲音在睡前閉眼時巨響。這是家醜吧，不能外揚。但內心是痛是苦，跟誰說呢？我說不出裝睡的人叫不醒，叫不醒的是我爸。醒的是我，難以入睡。

「阿倫，你還好嗎？」英雄餐廳的阿元問。

在我爸的魚攤賣魚時，我已經開始交貨給南投的英雄餐廳，不是缺錢才送，而是因為喜歡阿元的料理。一個月去那吃飯一次，久了熟了就從客人變成貨商，每次送貨總在他家聊很久。那段時期他總問我要怎麼走，我說我不做了，要去開計程車了。他那時正要遷店到台中，離我老婆家更近了。

「開什麼計程車啦，拿魚來賣我。」他說，甚至想好要如何幫我推銷。

沒有資本怎麼創業？當時錢都拿去還債的我這麼想。但阿元把我推薦給他熟悉的主廚，跟對方說我有點困難，可以破例讓我現結嗎？

我還在猶豫要不要當保全時，他已經幫我敲了好幾間的餐廳。不做不行，那是阿元的好意。幾次跟他說，我不想賣魚了，他總說你耳朵太小喔，都給你路了你還不走。

耳朵太小，沒有長輩緣。阿元與我平輩，有平輩緣總可以吧。三十歲又六個月，我開始做起餐廳批發的生意，離開了原生家庭。

看看自己的手相，已經忘記哪一手是前半生、哪一手是後半生，更不用說家庭線、父母宮了。怎麼看得出哪條線會在哪時斷掉，哪條線會接起來。能將好的地方黏著，有時是靠自己，有時靠的是貴人。斷了一條色澤近血的粗繩，裡頭的糸扭結。抽出裡頭的糸，裹在手掌，關節無法彎曲，久了習慣了變成固著。

要將壞的地方剪開，有時是無法靠自己的。一開始沒有盈餘的批發生意，幾個月後好轉了些，便跑去找阿元慶祝。

其中一道菜是炭烤鮑魚，那並不是阿元的菜，而是另個主廚凱維的。旁邊的醬汁是苦苦的鮑魚內臟，阿元說菜時，說起鮑魚的內臟會回甘，跟人生一樣，我笑了笑。

阿元上了他的花園沙拉，撒上薄薄的黑糖，他說菜是生冷，黑糖是暖。又說有些菜會有點苦，加上酸或是甜會很有趣。他說著什麼菜是苦的，我吃不出來，或許早已被中和。

還可以吧？上完菜他問。我說可以。不管是哪一部分。

阿元店裡掛著一幅「不時不食」，意思是只用季節相應的食材，時時應對，時時料理。三十歲又九個月，我才知道不要讓自己硬吞不合時宜的苦。不知道自己的命走到哪個臉部器官或是手相位置，只希望命已經走過耳朵了，硬要得到某些長輩緣的小耳朵，太累了。學著不時不食，也是對順時令地走，說是命嘛，有點太過厚重。

三十而立之後，重新當個專職餐廳批發的魚販。回到美術鑑賞老師的預言，要如何驗證我三十歲後的人生會好轉，要質疑，不如相信。看看自己的掌紋與皺紋漸多的臉，我想，認真思考後再做決定與轉向，一切會好一點吧。

駱駝先生

不再做市場的生意，最掛念的就是那些老客人。

比如駱駝先生，從阿公年少賣魚時就是我家客人，到我這代，更視我如孫。

「拜二、拜四愛先留駱駝（lok-tô）先生的赤鯮。」開始學批魚時，阿公把許多客人的習慣說給我聽，他特別囑咐了兩個客人的愛好，一個是種荔枝、逢年過節都會送帶殼果乾的春夏阿公，另一個則是種米的駱駝先生。這兩位從阿公十七、八歲結婚開始賣魚，便向阿公買魚的客人，怎麼也得好好顧。

後來，春夏阿公大多叫女兒或是家事幫傭來買，我配好固定的魚，他們來取貨。而不管颱風下雨，週二、週四，八十好幾的駱駝先生都會牽著他的骨董腳踏車，跟他的外籍幫傭一起來報到。偶爾沒來，下次遇到時我還會虧他遲到、曠課不請假。

中部要買赤鯮很貴，有刺的魚不太好賣。赤鯮煮好時，把背鰭與控制背鰭的刺一同拉起，就只剩中排魚骨刺，對我而言，沒有細刺。只不過，客群大多是小家庭，食魚知識不足，要傳授如何吃魚的知識，不如直接賣給他們簡單食用的魚：鮭魚、旗魚、大比目魚，這些魚沒有刺，他們也吃得安心。

但駱駝先生不怕刺，甚至還找起九母梭這類刺多得像是針葉的魚，他也是少數說肉魚不好吃的客人。他喜歡吃有明顯蝦甜味的魚種，向他推銷過東北角的姬鯛、南洋金目鯛，他都說好吃。

會叫駱駝先生，是因為他姓駱，又愛四處閒晃（台語叫做「樂跎」）。他最愛吃赤鯮這點，怎麼都不會變。

他常叫我去田裡看看他，我笑他八十幾歲了還種田。「毋做會死。」他說了雙關，我陪他笑。

他跟我要了一根菸。我邊說不要抽了啦，邊把菸給他。他說我這樣很像我阿公，邊道德勸說邊給他菸抽。阿公還會給他檳榔。在還沒有室內禁菸令時，我不時會請客人抽菸，甚至一開始批貨時，不抽菸的我斜背包裡還會放一包菸。有人向我要菸，沒人跟我要過檳榔，阿公則常會買一包菸、一盒檳榔，只請駱駝先生，常常吃不完壞掉。

後來菸愈來愈少人抽，阿公的一包菸、一盒檳榔，都只請駱駝先生。「臭殕菸（霉味菸），苦澀檳榔。」阿公請駱駝先生時說。兩個老人接著聊起一些往事，沒幾句話就拉回那個只有腳踏車、沒有汽車的年代。駱駝先生說起阿公年輕時種田在哪種，以前多苦什麼的。苦過了，才喜歡吃甜味的魚，我想。

兩個老人說完往事，駱駝先生會叫我們兩祖孫去田裡巡巡他。後來我家的田為了還債賣掉了，他知道我家沒有田了，就不再叫阿公去巡田水，只叫我去看看他，就像每個週二、週四他會來看看我。

從我國中開始，他就單買赤鯮。三尾赤鯮，身體劃線、抹鹽是他的習慣。問過駱駝先生為什麼只買這種魚，他回他老婆愛吃。在我讀五專四年級時，駱駝先生的老婆往生，我以為他不會再買赤鯮，阿公仍然批了幾尾赤鯮放在攤前，等待他來。

喪事後幾週他沒來，我們家那段時間常吃賣不完的赤鯮。又見到駱駝先生時，他身旁多了外籍家事幫傭，一人一台腳踏車，我問外籍家事幫傭要吃什麼，她搖頭。我問駱駝先生要買什麼，他說赤鯮。

「你欲吃喔？」

「對，若無換伊呷。按怎，無想欲賣喔？」

駱駝先生身體硬朗，無病無痛，子女幫他請外籍家事幫傭，是為了相伴，讓八十幾歲的老人騎在產業道路上，有人觀前顧後。幫傭叫他阿公，駱駝先生待誰都像是待孫，連我都像是他的孫子。逢年過節我會送他一些魚蝦、丸子之類，他都說不用。我回像送阿公一樣，過年記得包紅包給我這乖孫喔。女友年節來幫忙，駱駝先生會虧說，阿倫這臭小子還能交到好女友。女友叫他駱駝阿公，說這阿公識貨。駱駝先生還會叫她換一個男友。

結婚時，我沒發帖給駱駝先生，哪有魚販向菜市場客人發帖的道理？但駱駝先生塞一包紅包給我，我推去他推來。憨孫，他說。那天，他買了魚後我又多給他三尾。提起裝魚的袋子，他看看裡頭的魚，又說了一次：「憨孫。」

離開魚攤後，回霧峰市場買菜，還是會遇到駱駝先生。他會叫我回來幫忙，我就跟他吐一些苦水。

「阿公，沒菸可以請你。」

「戒了戒了。」牽著腳踏車的他說。

駱駝先生還能騎腳踏車，還很硬朗。

「要保重。」他說了我想說的。

本來要問阿公往生了，他應該知道吧。最終我沒有問，怕一問感覺更孤單。

孤單的是我，那些待我如孫的人，一一離去。

當我離開魚攤，等同於切割原生家庭，問我不捨嗎？其實還好。令我不捨的，反而是在魚攤工作的情景，那些八十幾歲老男人的笑話，拍我的肩叫我加油，或是過年特地送來的米與水果。

我那樣離去了，停下來書寫才開始回想。

離開家裡的魚攤後，剩爸一人在做，每週一、二休攤。我回故鄉總選週二，除了避開我爸，也是想看看駱駝先生會不會來採買。以前，他差不多在九點半來。我坐在無燈的攤位上等，幾個以前的熟客看到我認不出來，認出來的就會問我何時要回去賣魚。

週二，駱駝先生沒來。

週四，會來嗎？

週四九點半，我在攤位附近等待駱駝先生，遠遠看著魚攤，沒有赤鯮。他依舊牽著他的腳踏車，買了幾尾他不愛吃的肉魚。

「我毋欲吃，伊呷。」他會這樣說。

我沒有忘記他總是週二、週四來，三尾赤鯮，劃線抹鹽。如果沒有赤鯮，我會跟他說北三角海浪大，沒人出海釣赤鯮。如今，我有更多赤鯮的源頭：東北角的釣客、台東富岡的貨主，但已不在魚攤，又怎麼能賣給他？

那是個沒有大浪，風平浪靜的好天。但沒有赤鯮，他與外傭騎腳踏車離去。

我很想他們。

阿公、駱駝先生、幾個特別好的客人。我不會跟他們說我離開魚攤的緣由，只想跟他們說他們喜歡吃的魚有什麼煮法，或是問問他們為什麼跟我們家買魚。

想去客人家吃晚餐，看看他們家是不是跟我想像中一樣。我想，跟他們吃飯不會冷場，他們就像是熟識的朋友、像是家人。

從賣魚學習與人熟悉，從賣魚熟悉了人。

當市場魚販時，客人叫我去他家玩，常以為是客套。不當市場魚販後，才知道有感情，沒有客套，那些都是真心邀請。

駱駝先生的田在哪？我沒有問。也許該去看看他的田，該送幾尾東北角的、日本的、中國的赤鯮，一起晚餐，一起吃煎成乾乾、黃色的透紅的魚。

是的，主廚。

跟餐廳廚師通電話，講的是生意，也是友情。十句話裡七句不正經，一句夢想，一句感嘆人生。最後一句是加油。

不做市場攤販之後，不會有客人叫我阿弟。生疏的客戶會用商號的名稱稱呼我，年輕的廚助叫我「倫哥」，熟一點的就叫我「阿倫」、「倫ㄟ」。

以前的同行都說我做這途比較輕鬆，我點頭稱是。不用應付各種客人（例如奧客），餐廳比價不能交就別交，看似很有個性，也不太需要人際交往，但當一個批發魚貨給西餐廳的魚販，工時不會比市場魚販短。早上五點多起床，送貨寄貨到下午兩點，晚上得等餐廳打烊，再一則則LINE傳送叫貨訊息。偶爾，穿插幾句抱怨、幾句稱讚。

每間餐廳的員工平均三、四個月會換一兩個，叫貨的群組就退出一兩個人，起初還會問那些人去哪了，後來才知道這是餐飲業的常態。退出群組的廚師，有些會私下加我好友，找一些貨源，有些是辭職前就常在群組和我聊天，從公事聊到私事，聊到變朋友。他們會問我一些人生規劃，說「倫哥你經歷廣」，我總回哪有，我新鮮人，才剛出來創業。

有一陣子，小偉總愛在十二點來電。剛刷完煎台，他跟主廚說再見。

「你騎車小心點。」主廚回。

「Oui, chef.」我在電話裡聽見小偉說。

「當兵喔，靠，下班別在那Oui, chef了。」我說。

老偉士牌的噠噠聲是主廚品味的象徵，沒多久，騎遠了。小偉坐在自己騎了七、八年的摩托車上，儀表板旁的塑料已褪色又滿是刮痕，刮痕哪裡來的，他不知道。

「倫倫。」他都這樣叫我。

「我都不用睡嗎？要叫什麼貨，大石斑喔？」我回。

「不是啦，下一季的菜單要用什麼？我去跟主廚提案。」

他們餐廳每一季的菜單都有幾樣會由領班、副主廚提案，小偉負責魚和肉台，跟他競爭的人有兩三個，他們餐廳配合的魚販也有兩三個。這一季的晚餐是石斑，上一季的晚餐用青衣，都是小偉提案，上上季的晚餐則是另一個副廚，午餐用我家的魚。

「就很競爭。誰知道主廚要升哪個人的職位或介紹去國外的餐廳實習。整天說風土，誰知道什麼風什麼土？吼唷，倫哥幫幫我，幫幫我等於幫幫你。」

「知道。不要囉嗦。」我回。他打了個噴嚏，在台中的我不知道十一月的台北已微涼。

不要白旗魚，上上上季我叫主廚用過。他說。

那白帶魚呢？

另一組用白帶魚呀。

「吼唷，你可以用枋寮油帶（黃鰭帶魚，比較細）。」

「誰吃得出來？」

要不然，肉魚？白鯧？

小偉繼續打槍。

野生黑鯛如何？

「會不會很像吳郭魚？」他問。

我罵了幾句髒話。「不然你叫馬頭魚，北部人最愛脆鱗馬頭魚。你出出看呀，你看你Chef會不會跟你說Oui，會不會跟你說Creative。風土、風土，跟人的風就最土，你懂不懂呀？」

「懂懂懂，倫哥我最懂。」他叼著菸笑，笑聲有點不同。

我知道他跟他Chef最懂，因為他們用我的魚，不時就打電話來問下一季菜單要用什麼。主廚只要跟人說話帶髒字，代表跟那個人很熟，小偉則是常在魚的品質不穩定時來電，偶爾幫我按捺主廚的情緒。我聽他抱怨著餐廳得了什麼獎，導致客人多得比華江橋上的機車還多，訂位得排三個月。我問他，我有沒有得插隊？

「問這什麼問題，三八兄弟，你倫哥咧。」

「那後天？」

「你來，來吃員工餐，吃廚餘。」

還沒罵他髒話，他又說起餐廳的八卦，說會計最近很刁價格。我聽到這句話，就知道自己的價格利潤得抓緊一點，要殺到其他海鮮商要賣可以，不賣也可以的程度。但我無法通靈，所以總問小偉其他魚販出的價格多少，再給他海鮮諮詢當作給他的服務費。

與小偉的午夜聊天，最精彩的都不是他的公司事，而是八卦，誰跟誰鬧翻，或嘲笑起某家餐廳的「低溫熟成日本宮崎和牛低溫烹煮佐薯泥輔○○××醬」要如何一次念完。

我問他，這道菜翻成白話要怎麼說？

「冷藏好幾天的泡溫水和牛跟薯泥。」小偉的答案聽起來超難吃，但實在。

「這業界不裝個樣子好像會死。」小偉再說，而我只能用八卦回應。

我說起一次到北部拓展業務，先問了剛認識的主廚：「你們覺得什麼魚好吃？」我多想要他們回金目鯛、小黑鮪、春天的鰹、冬天的土魠魚，卻遇到一個裝懂的主廚答「長尾鳥」。一種長得漂亮、吃起來普普通通的魚。

許多人都叫他裝懂哥，我試探問他愛用幾公斤的長尾鳥，裝懂哥說十幾公斤。但台灣十幾公斤的長尾鳥超少，裝懂哥真的懂嗎？

「裝個樣子。」小偉說。

裝個樣子，裝懂哥還得烙上幾句法文，說那種魚台灣有啊，但為啥找不到好吃的？我查了那句法文，七星鱸，立刻回他，那是冬末春初的馬祖鱸魚。他又說馬祖他很熟，跟馬祖很熟的意思就是淡菜、淡菜，還是淡菜。馬祖沒那麼貧乏，我心想。

這種業務會面，最後還是會提到價格。

「長尾鳥，一公斤七百，你說貴不貴？」我問小偉。

不等他回答，我就跟他說裝懂哥都拿一公斤四百的。

「你怎麼回？」小偉問。

「我回他，你賣給我。」我說。

我跟裝懂哥說，他買的是東南亞貨，「不對，台灣拿不到這麼便宜的長尾鳥，會不會是主廚您搞錯了台斤或公斤呢？」但裝懂的人裝到底，死都不認為自己有裝。小偉笑了，笑說我不會做生意。

「Oui, chef. 要在這時候講啊。」他說。

一週後，小偉說十二月要用清蒸黑鯛，西瓜綿，豆腐乳。

十二月到了，我便吩咐黑鯛釣客，要釣到冰箱滿滿。有魚了，小偉卻說菜單季節還沒到，舊菜單的庫存還有，不能跟我收這批黑鯛。那些黑鯛放不了幾天，不新鮮寧願不賣，賠錢也得消掉那批貨。

我撥了通LINE給裝懂哥。

「主廚，這裡有一批很漂亮的手釣黑鯛。公斤四百含運費。」

裝懂哥問我是誰，下一句說太貴。髒話差點出口，但裝懂哥跟我不熟，只能說聲謝謝，他說了聲Oui，卻沒有買。

又兩週，小偉從採購那邊下單，採購打出一張公斤四百限定價格的黑鯛。說是主廚從裝懂哥那邊聽來的，說我有好便宜的黑鯛。我哀號，當初是為了斷尾銷貨，最後利潤卻斷尾傷身。

我哭哭，裝懂哥真的懂。我只能跟小偉哭訴，講到後來，價格調到我賺一成的利潤。

沒關係，我賣的是友情。雖然友情換不了什麼錢。

又一次深夜聊天，菜單早就從黑鯛換成鬼頭刀，但不是小偉出的菜，與我無關。

「下個月我不做了，謝謝倫倫。」他說。

我安慰小偉一次比菜失敗不算什麼，他才說他要開店，我又轉口說恭喜。

小偉回家鄉開了家小小的義大利麵店，不用現流海鮮，我要給他幾個冷凍大盤的電話，他說他有貨源。

「要不然跟你一起去賣海鮮呀。」他說。

「拜託不要，你去賣麵，我還能叫你聲Chef。」我吐起一大堆比魚膽還苦的苦水，他沒有笑，偶爾傳來幾聲菸咳。

「該回去睡了，小偉。」我說。

市場魚販要觀察顧客，是透過買魚、賣魚的過程，知道顧客的生活與習性。當批發魚販的我，則是在餐廳叫貨完，透過幾通廚師的電話知道餐廳的生態，更重要的是那些廚師的私人生活。我沒有跟他們說我的夢想不是賣魚，總是很實際地分析他們想做的事與那些夢。十句話裡七句不正經，一句夢想，一句感嘆人生，最後一句是叫他們加油。

有幾個廚師會失敗，回到原本的餐廳群組，又或是會在其他店的群組裡看到熟悉的名字。送貨時遇到這些人，我不會主動提及他們過去任職的餐廳，只是點個頭，打聲招呼。熟一點的廚師若自己創業，就算沒叫貨，我也會去捧場。有些開平價餐廳，有些劍指米其林評鑑，也有些從西餐轉到日料。但沒幾個像小偉這樣回鄉開店。

以為小偉的店會是平價餐廳，本想這樣也太大材小用，後來搜尋，Google評論四點五顆星。點入菜單，每道菜名都長得無法一口氣念完。去吃過一次，外場一位，內場有小偉與一個廚助。廚助接到指令便喊：「Oui, chef.」

菜很棒，吃起來是他夢想的味道吧。

我在評論下面留了五星：「義大利菜，喊個屁Oui。」

裝個Chef的樣子嘛，他回。

時價

時價是客人得時時知道市場價格的簡稱。
在海產店點菜，我腦中盡是海鮮的實價登錄以應對時價海鮮。

台灣海產店的菜單，最難懂的不是魚蝦貝的名稱（看不懂頂多吃炒飯配炒青菜），而是「時價」。字面上我們都懂，但時價菜的價格可以列為台灣十大謎之事件，能與時價相提並論的是路口自助餐店店主的眼神計價法。

身為魚販，我非常少出去吃海鮮，一方面是怕不新鮮，另方面是價格我都知道多少。

台東龍蝦一×五〇、南非鮑魚一××〇、牛奶貝幾百、海瓜子多少，甚至海產店牌子上寫的海鮮產地與漁法多麼胡謅，都能一一訂正。關於海產店的時價，因為每尾魚的重量都不相同，季節、離節慶近不近也都會影響價格。

時價是客人得時時知道市場價格的簡稱，如果客人不知道，則變成海產店時空與良心的秤價。

「走啊，吃海鮮。你不是海鮮達人嗎？」太太說。

「對啊對啊對啊對啊。」岳父岳母小姨子兒子女兒都一同回應。

要跟我吃海產店，我會點鳳梨蝦球（想吃沒味道的發泡蝦仁與美乃滋）、炒牛肉、炒蛤、炒飯、炒青菜。但這樣點菜，誰受得了。

「是會不會點？」太太說完，將畫好的菜單撕掉，丟到裝蝦殼魚骨的垃圾桶，自己走到海產攤的冰櫃與活物櫃前。

怎麼能輸？我追上去。

「姐姐，請問你們的波士頓龍蝦多少錢呢？」太太把點菜阿姨叫成姐姐，嘴甜價格會甜嗎？

「波士頓龍蝦不要在聖誕節至春節前後吃。」我小聲在太太耳邊說。

「為什麼？」她聲量不變直接回。

「什麼為什麼，妹妹你要哪一隻？」點菜阿姨也用甜甜的嘴回應。

太太指向舉起大螯的深綠色波士頓龍蝦。我評定她選中的是七百到八百克的大小（可惡啊，怎不選小隻的比較便宜），一秤，七百五十克，阿姨說這隻一千。

貴啊，不要啊，我回去煮給你吃啊。內心的呼喊怎樣都喊不出口。一喊就會被說摳。

「我不要吃七／八波龍，姐姐，我吃別的好了。」她看著我扭曲的臉說出七／八波龍四個字，她笑，點菜阿姨的臉沉了一下。

專業啊，不愧是魚販之妻，能講出行話：那是波士頓龍蝦與重量的簡稱，老婆不愧身為我的老闆啊，我的內心戲又演了起來。

「那要吃什麼呢？」太太說。點菜阿姨手上的原子筆不斷按壓，聽起來很煩，只要客人一說話就會停止按壓，準備寫菜單。

「海白蝦是哪一種？」我跳出來說，說這句話是要給點菜阿姨直拳，她如果說是冷凍櫃那盒宏都拉斯的養殖白蝦，我就不點。

她指向釣魚冰箱內的黃褐色紅腳的香蕉蝦，那是台灣中南部產的野生白蝦。

「我要這個，一斤。」堅定且颯爽地說，頂多一斤六百五，我出得起。

「野生白蝦一斤。川燙、熱炒或清蒸呢？」

「川燙。」我才不給你熱炒偷偷換蝦的機會呢（這想法太過小人，但真的有可能）。

「魚呢？要不要來條紅條做魚湯？或鮭魚頭做魚湯呢？」她轉向太太。

「人家想喝薑—母—鴨鴨啦。」我裝可愛地說，點菜大姐停止按原子筆，我不敢看她，深怕原子筆插入我喉嚨。

裝可愛可恥，但有用，怎樣都不給點菜大姐推薦太太買一尾紅條煮湯。那紅條一看就是菲律賓產的，如果是澎湖產的紅條，一尾就得上千元，怎吃得起？

點菜的過程，我在腦中開啟海鮮的實價登錄以應對時價海鮮。

「要什麼魚呢？吳郭魚好不好？」點菜大姐有點不爽，才這樣說吧。

「不要，不好吃，有養殖味。林楷倫你選。」太太不顧點菜大姐，直接嗆聲。

「野生午仔魚好了，一尾十兩的，三尾。」

冬天吃野生午仔魚是不會錯的，就算被偷偷換成養殖的，我也還能接受。點菜大姐寫上單價，價格還算合理。

「要蚵嗎？」不要。

「馬祖淡菜呢？」不要。冬天馬祖淡菜苦了也變小了。講愈多不要，與奧客之路就更近。

「我的炒蛤要換成野生蛤。」我說。

「沒有，這季節怎麼會有。改海瓜子好不好？」點菜大姐回。

我失誤了，我忘記冬天沒挖這些，只能說好，要不然太糗了。

「姐姐，還有什麼推薦的嗎？」太太問。

「沒有。你們點這些夠吃了。」這句話的語氣比冷藏櫃打開的冷風還冷。

她開始複誦我們點的菜：薑母鴨、鳳梨蝦球（發泡蝦仁）、炒海瓜子（中國來的海瓜子）、清燙台灣本產白蝦、台灣本產午仔魚蒸鳳梨醬、炒飯炒菜炒牛肉。

菜一上桌，我還在得意破解此店的時價陷阱時，兒子哭吵著要龍蝦。

我耳旁響起了點菜大姐的原子筆按壓聲。

「來喔，燙喔。」點菜大姐送蝦過來。「弟弟為什麼哭？那麼想吃龍蝦喔？不要啦，龍蝦很貴捏。」她說完便走，兒子繼續哭。

大姐又折回來，抓了一隻五、六百克的龍蝦問我兒子：「你要吃牠喔？牠那麼可愛耶。」

「要，我想吃巴爾坦星人，幫超人力霸王消除外星人。」兒子沉迷的特攝片中，巴爾坦星人的造型取材自波士頓龍蝦。但也用不著吃牠吧。

「我不要給你吃，我要回巴爾坦星。」我捏著鼻子說話。

最後兒子沒吃波士頓龍蝦，太太說我摳，我就是很摳。但我轉身多點了一盤時價的烤鳳螺與燙澎湖冰捲。

點時價菜，最怕裝懂裝闊，寧願多問價格，也不瞎點。

不要把紅條當石斑，不要把活體南非鮑魚當冷凍鮑，不要嘴裡念說toro卻看不出眼前只是一般鮪魚。怕魚被掉包，請待在原地瞄個幾眼；怕被添重量，就認真看秤。

面對時價，身為顧客可多跑幾趟菜市場理解實價，多看幾種海鮮，點菜前先Google也行，或是好聲好氣地問點菜阿姨都可以。不要覺得自己被坑，不要在春夏天想點烏魚膘、在冬天吃貝類，講出來只會被笑或當盤子敲。

時價點菜，點的不只是海鮮的時價，更是身為顧客與店家之間的相互評價。

要懂吃，也得懂做人。記得，面對點菜人的第一句，說「哥哥、姐姐、帥哥、美女」準沒錯。

嘴甜，時價就甜了一點。

職業病

沒有一個魚販不曾傷過腰。
職業病久了，病也成職業。

每個職業都有職業病。寫作寫久五十肩，唱歌唱多聲音啞。魚販的職業病，有的是凌晨起床，很少睡飽飽引起的肝病，或是工作太累了，高熱量才是慰藉的肥胖與高血壓。但每個魚販都遇過的職業傷害，是腰痛。

魚市裡有幾個腰打不直的老魚販，年輕一輩都知道姿勢不正確，老了就會像他們一樣，邱伯就是其中一個。邱伯的背和腰早壞了，護腰纏了一層又一層，護腰上黑色的魔鬼氈卡了毛球與鱗片。嘴壞的人說他是秘雕魚，秘雕是古早番薯吃到飽的布袋戲人物，邱伯聽到了，就說：「你是在哭喔。」

我覺得不像秘雕，邱伯的身體更像是年老的香魚，彎折在怪異的地方。

他常跟我說不要喝冰的，對腰不好。我吸一口麥香紅茶。

「不信就別信啦，老了你就知道。」我跟他同步地說。

他拿著魚鉤轉身，拖一件籠仔魚，雙手各持一鉤，上秤。不能彎腰，就用魚鉤當手，根本是雙手皆殘的虎克船長。我不想變成那樣，把冰到牙酸的麥香紅茶放在魚箱上，放到忘記。邱伯秤完，換我給魚主過秤。

邱伯的腰不曾好過，他每天復健，電療、熱敷、針灸，醫師叫他休息，但他怎麼可能休？這腰要好，得等下輩子。魚主沒有人手能幫邱伯把魚貨搬上車，求我幫邱伯搬，拜託魚主又沒付我錢，幹麼幫他搬？

「倫ㄟ，幫一下邱伯啦。」邱伯邊說邊敲自己的腰。

「唉唷，倚老賣老喔。」

我搬了一簍五公斤、一簍八公斤的魚，都很輕，彎下腰去搬。邱伯秤完那幾簍魚，我腰挺直，剛剛兩簍魚讓我的腰隱隱痠痛，只能挺直，學邱伯按摩幾下。是不是剛剛的麥香紅茶讓我閃到腰？

邱伯大力地拍我的腰，笑得像是你也會有今天的樣子。他將自己的護腰拉起，我以為他要借我護腰，他卻只是拉得更緊。

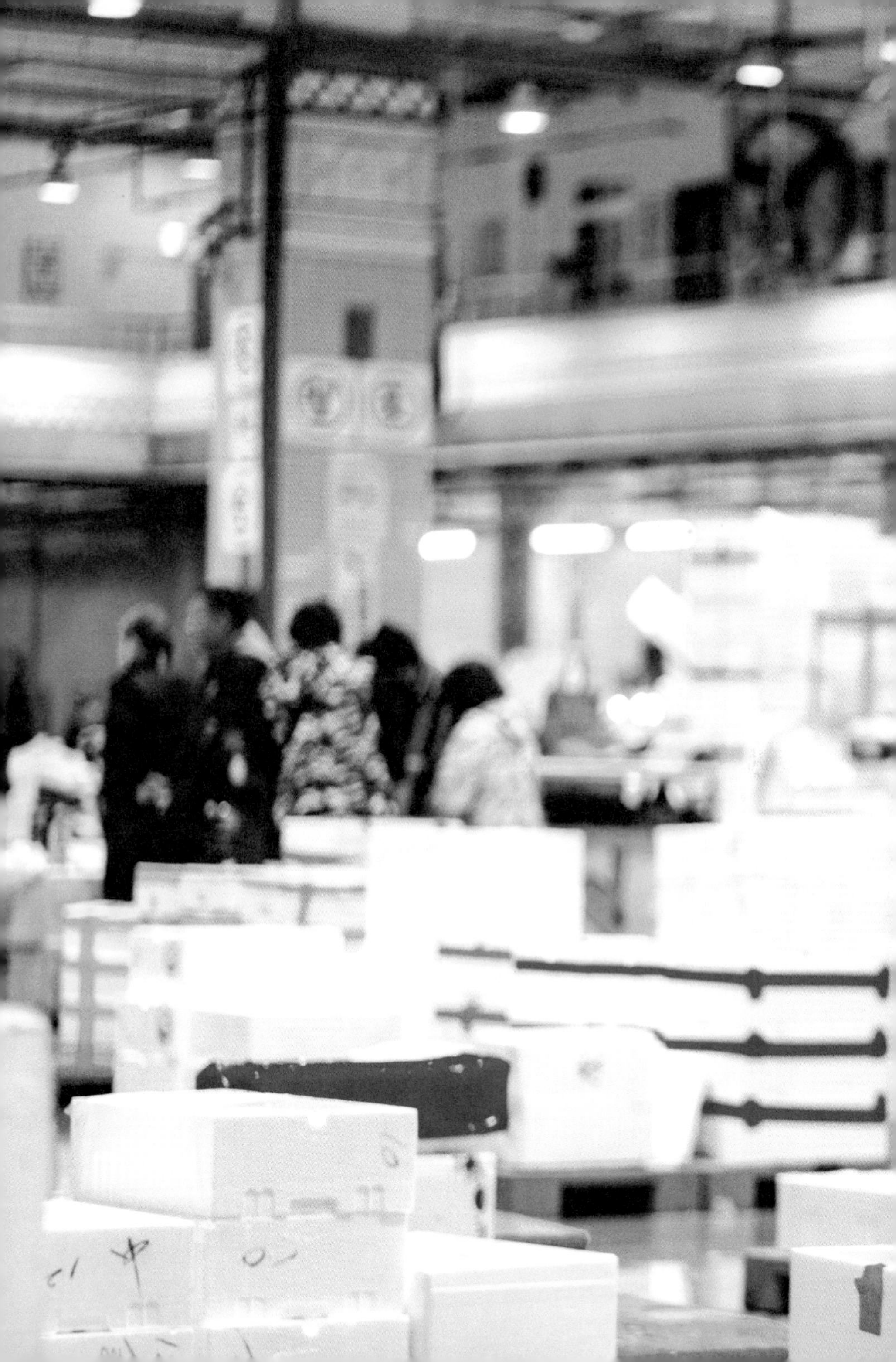

腰閃到了。閃是一瞬間，也是久久累積的爆發。連躺在床上都像是串在鐵籤上的香魚。可惡，明早爛咖Ａ一定會說我是秘雕。

你才哈買兩齒咧。我都想好這樣回了。

冰敷、熱敷、肌肉鬆弛劑。腰一壞掉，連走路都很奇怪。兒女老婆都笑我是鴨子，岳父、岳母說我是唐老鴨（曾幾何時唐老鴨是能辨別年紀的角色了）。在沙發上躺，床上躺，地上躺，坐著、站著都能感受到腰部肌肉過度用力的痠，連正躺也痠，側躺一陣，換個姿勢，又抽筋了。

老婆問我搬了什麼。

「千斤重擔。」我回。老婆以為我在酸她都不分擔，回了句髒話。

很痠很痠。我沒跟她說，我只是搬了兩簍加起來十三公斤的魚。

我去了中醫，中醫師朝頭蓋骨下針，針頭殼能緩解緊張，腰不痠了些。回家仍向老婆撒嬌，叫她去幫我工作，撒嬌代表自己還是會去。想起中醫師也說不要喝冰的，不要碰冰的。但叫一個賣魚的不要碰冰，不如叫我別賣了。

基於二十號要繳房租、卡費、貸款，每月七號還要繳學費，我不能要任性不賣。挺著腰都要去賣魚，做人直挺到過頭也得做，跟邱伯一樣，痛是一輩子，賺到的錢能花兩輩子。天殺的勵志故事。

那晚，我八點睡，只因中醫師說我太晚睡。肚子挺得高高，像是死去的浮水吳郭魚。我真恨我腦中有千百個形容自己腰閃到的話語，還不能拿來笑邱伯。

隔天，邱伯看我閃到腰，預備幾顆肌肉鬆弛劑給我，說特別有用。那幾顆跟我阿公家常備的沒兩樣，阿公以前常吃。我問邱伯，我阿公有像我這樣閃到嗎？他說沒有，阿公搬東西時都像深蹲，就算七十幾也一樣那樣搬。

「奧少年。」爛咖A說。他搬貨的姿勢也很正確。

邱伯把他的護腰遞給我。

沒有護腰的邱伯，肚子好大，腿好細，像是大貢丸插在兩根筷子上。爛咖A幫邱伯搬貨，其實根本不用幫邱伯搬，他只是想炫耀自己很會搬，搬完還喊：「再來啊。」

我說不要護腰，邱伯還硬纏。我聞到護腰上的味道，像是我阿公的味道，近似鹹魚，海水的味道，沒有腐敗。從小聞到大，習慣習慣。我曾懷疑阿公沒有洗澡，他過乾的身體常有皮屑，原來味道都已卡在皮膚的縫隙，摸過海水仍然會有味道。就跟邱伯的護腰一樣，也跟我身上的側背包味道一樣。

邱伯摸完魚，將濕黏擦在他的腰間。

魚販的衣服一定會有魚味，也沒有魚販不曾傷過腰，傷過就會學習更好的姿勢，我第一次搬魚閃到腰是那麼想。第二次閃到腰，一樣的壞姿勢。阿公說我這是壞習慣。

習慣很難改，聽說要二十一天。二十一天要搬幾簍魚、幾箱保麗龍，每個姿勢都得正確，怎麼可能。邱伯綁緊他的護腰，強硬地抵抗壞習慣，我則脫掉護腰後什麼壞習慣都回來了。喝冰的也是，腰痛時不喝，感冒時不喝，病痛快好了，就開始喝，甚至Google「喝冰的會怎樣嗎？」，日本人都喝冰水啊。

我搬完貨後，將護腰還給邱伯，他正在殺旗魚的攤位前喝酒聊天。

批魚去賣的魚販跟在這裡工作的魚主，兩者最大的差別是前者回程還要開車，所以不太會在魚市喝酒，後者則會拿吸管喝啤酒。邱伯常說自己以前勞碌命加酒鬼命，才會傷壞自己的腰。他身體憑著攤位，手旁一罐麥香紅茶、一罐金牌，看到我過來，問我：「要喝嗎？」

我一罐啤酒就倒，當然不喝。

紅茶呢？腰還在痛。

「年輕就腰痛，哎唷，老婆可憐喔。」旗魚攤的大哥說。

邱伯笑，將那罐快喝完的冰啤酒拿了過來，用吸管吸一口，嘴巴都癟了。

到底多久沒喝了。我說。

邱伯摸著肚子笑，我將護腰還他，他沒穿上，對著啤酒空罐光吸空氣又吸了幾下。

那麼愛喝，我想。

他將護腰纏起，不再喝了。

邱伯用護腰約束自己，為了家庭（還要多買幾棟透天厝），得繼續工作不要鬆懈。他不是沒有錢，而是閒下來，一解開護腰，痛更明顯。痛變成一輩子，那已經不是習慣，變成像是肚子餓、口渴的日常。

常有人問我，賣魚又臭又累，為什麼還要繼續賣魚？好賺，我這樣回。沒有說出來那些有點尷尬的話，用邱伯的話說，就是：「要賺趁這時，賺的拿來顧家人一世。」

痛的時候，只能跟每個笑我的、關心我的人說是職業病。怎樣不要讓自己的腰再受傷？我不想要像邱伯一樣。早睡早起，不喝冰水，常去重訓。

魚販特有的病，不只如此，肝壞死、疲勞駕駛、腰痠背痛手拉傷、白帶魚咬傷、黑鯛刺傷、臭肚刺到痛死。職業病久了，病也成職業。

我腰好了，卻發現邱伯的腰更低了。

習慣了就還好。不用問他，也知道他會這麼回。

病久了，就習慣了。

我不知道邱伯腰彎彎的看到什麼視野，他隨即挺直，但挺得過直，會看到魚市超亮的燈，燈下也沒有趨光的蟲。那燈太熱太亮，看一眼，就算天再黑都留下光暈的殘影，腰閃到的我也深受其害。

我裹起護腰，才幾天肚與背就長了疹子，很癢。究竟要預防腰閃到勝於治療，還是要纏上腰帶再每日每夜敷上邱伯介紹的止癢乳液？起了疹子，又成為職業病。

職業病怎麼治？

算錢算到手抽筋，那些痛和癢大概會好些。

要吃就先做成干吧

下午，我們一同在我家約會，有時一起午覺到陽光晒腳，有時將魚做成干。

受半日風吹的魚肉，像衣服漿好的觸感。你聞，鯖魚淡淡的鐵味，小卷是雜貨店難以定義的嗅覺，白肉的魚沒什麼腥，淡抹的鹽日晒風吹。

問你，鹽聞起來是什麼味道呢？你笑了，將廚房的鹽拿起來聞。

「鹽沒有味道，要不然你來聞。」一旁的糖也沒有甜味。

拿了在臥室陽台外晒了半日的魚，給你聞，鹽的味道近似於海，是口中引渴的鹹。

住處沒有向陽的頂樓，頂樓都被鐵皮蓋滿，但每層樓都有個小小的陽台。二樓堆滿雜物，三樓放了台廢棄的洗衣機，還有一根長長的竹竿。小小的臥室，床緊靠落地窗。你下午沒課，我賣完魚，一

大飛

同在我家約會，一起睡午覺到陽光晒腳，夏天睡到五、六點，短短的秋睡到三、四點（這季節的陽光晒起來暖暖），冬天包在厚被裡睡得更久。

第一次做一夜干，是早秋，只要開窗就不熱的下午。本來打算找個風大的天，但住的地方沒有能乾魚的風。那天你早到了，不等我就睡了，我將你晒內衣褲的立式衣架搬去陽台，拿起圓形的洗衣籃，放了三、四尾剖開的肉魚。

你被吵醒，躺在那沒說話，看我在做什麼。我拿了另個房間的電風扇，你問我幹麼，我說吹魚。

你只想一起睡覺。本想摸摸你的頭，讓你好睡，滿手魚味就算了。

「我先做一夜干，等等過去喔。」

開窗，電風扇吹起。

電風扇的弱風，洗衣籃變成無力的海盜船，擺盪擺盪，裡面的肉魚不會尖叫，將肉身上的水漫脫而出。

一兩個小時後要醒來翻面。再三、四個小時，就好了。

你睡得很沉，但不斷醒來說好臭喔，什麼味道啦，你沒洗澡喔。

我翻身換成睡你的位置，沒有味道啊。

電風扇的馬達與窗外急駛的公車（公車風切過，窗戶晃動），一台像巡迴演唱會的宣傳車，很吵，當成白噪音，繼續睡。

我的身體有沒有魚味？「你聞不到，是因為你聞習慣了。」你說。

我太習慣了。「說不定把你的肉切下來，用電風扇吹半天，也這個味道。」你說。

你還真狠，也很準確吧，仔細算來，一天裡有四、五個小時，手總是泡得白白的，沾染魚體的黏液或鹹水。工作的時候不會癢，但下班一碰到日晒，便癢了起來。身體水分蒸發得太快，你曾經買過護手霜，我嫌油，覺得不可能有用。手一天一天地發癢，不癢的時候，是泡過水皺皺的模樣。

「我也需要脫水風乾。」說完，你將日晒到的小腿與腳趾縮進去棉被裡。

「幹麼，怕晒黑還是怕脫水啊？」我又說。

「關你屁事，我餓了，魚干乾好了沒？」你回。

拿下洗衣籃，洗衣籃的底是肉魚的血，氧化的血變成水泡久的木頭，有幾塊凝血，不就是海盜船下

的腐蝕？拉開洗衣籃的拉鍊，魚身的水分被帶走，皮皺縮，發出氧化鋁的銀，也能看到原有的紫藍綠的鱗光。

「新鮮吧，鱗光還在耶。」我說。

你沒空理我，只顧著用手遮住拉開窗簾透進的光。

三、四個小時，表面的肉像附上層薄膜，乾掉的肉。輕捏，確認魚的濕度（或說乾度），能摸到如你肥軟的肚子下，深層的腹橫肌，這樣的軟硬就完美了，可以烤了。轉身過去捏了你肥軟的肚，用力些碰到深底的腹橫。我用另手將肉魚拿得好高，卻聞到自己的味道，也是肉魚的味道。

叫醒你。

吃魚，不要再賴床了。

「我要吃蒸的。」你說。

「乾好了還蒸？脫了水又加水，沒必要吧。」我回。

架起為了魚干買的瓦斯爐烤網，打開從出生就在的抽油煙機，聲音大到你說什麼都聽不到，魚放上預熱好的烤網，瞬間烙上焦痕，味道上來，重到香腥難分。這抽油煙機有什麼用啊，真的好餓。

將烤網翻面，油脂滑落，起了煙。肉變白，再烤一下下，跟傍晚天色一樣的黃。

兩尾魚，你一尾，我一尾。你先吃眼睛，半熟的眼睛帶著水分，那會有點腥吧，你也一下就吞入喉。

把不吃的魚頭夾給你。

「外行，才不吃魚頭。」你說，我是吃魚外行的魚販。你要將肉魚的魚頭整顆啃咬時，我把魚頰的肉挑起，原本濕嫩的肉，兩塊小小的，日晒之後，拋掉水分，濃縮油脂，我吃魚肉，也吃魚頭的體香。

乾魚的過程，像積木連接的魚體肌肉，變得相黏。

「有差嗎？這樣做。」我問。

你只是吃，吃了一副完美的魚骨還我。

「你怎麼做的？我想學。」你問。

「你學來幹麼？有我做就好了啦。」

想著冰箱還有什麼魚時，你拿出凍結的小卷，問說這個可以做嗎？

可以。

41
31Kg

但你說你還餓，一起吃了便當。

回來時，你早就忘了要學什麼。在廚房，用牙刷洗起烤網的格狀，格與格的直角黏卡了銀色魚皮或白色魚肉，分不清碳化成黑。特別地難洗，多加一些洗碗精，橘子的化學香氣，在刷開那些碳化物時，散發魚味，又同時結合。

忘了放進冰箱的凍結小卷，跟度假癱軟在海邊的遊客沒兩樣，身旁滿滿汁液，是解凍水。要不就來做這個的一夜干吧。

在水中，將小卷身體中線劃開，取出內臟與墨囊（在水中就怕劃開時不小心劃破墨囊），將透明軟骨取出，割開雙眼，取出嘴喙。你看電視節目笑得大聲，你專注地笑，聲音更大。沒將外面的皮剝掉，皮會帶出更多的香腥。

剖淨的小卷，可爾必思的白，或有更色情的比喻也無妨。

以為手會發癢，若不新鮮讓我過敏發癢，會再將牠丟入冷凍，偶爾想起便炸或煮。不癢，就丟入一些鹽，混合十五倍的水，讓不會再活的小卷游泳。

放入冷藏，要泡多久，與你一起看一段節目後再來想想。

「你剛在幹麼？」你看我過來才問，不回你，你沉在節目轉換的光間。

「調鹽水，做一夜干。」

「你不教我？」眼神離不開電視。

電視演著笑點早就老掉的綜藝哏。

「哪個步驟了？」

「浸泡。幹麼問？要不要我把你的肉也切下來泡？」

你笑，你笑。把笑聲當成腦中計時器的蜂鳴。

「要去哪？」你問。

做干。

將小卷擦乾，放在廚房紙巾上，我撒了些香料，再放一層廚房紙巾。冰著等明天日晒成干。

不想再吵你午睡。用冰箱冷冷吹一夜成干。

明午，排頭整齊一同午睡，一同露出腳踝日晒成干。

選魚的訣竅

「那你教我選魚啊。」她撇起嘴說。

「選什麼，我就是魚販，你還需要選嗎？」我說。

我看：

十五歲開始在魚攤工作，二十年了。每天在攤位看的要不是人，就是魚。看客人的一個眼神、一個動作，我便知道客人會不會買、什麼個性。看魚也是，用看的就知道新不新鮮。不要覺得神奇，賣衣服的可以從客人的穿著、進門的眼神知道他在找什麼，早餐店阿姨也可以一眼看出我是不是帥哥。

「那麼厲害喔。」那時還是女友的太太說。

冬天下午，她約我去苗栗龍鳳港，說要漁港小旅行，卻讓海風搧臉，幾下就頭痛。

等待一簍簍魚入拍賣場，「你看，龍鳳港的簍仔，是紫色的耶。」我跟她說起魚販的行內知識，台中是白跟黃的，哪裡是什麼顏色。她沒有興趣，到處看那些我覺得無聊的沙岸魚，白鯧、肉魚、午仔魚、黑格，後來則是一堆魟魚，後面都是烏魚。我看到都打哈欠。

「無聊喔？」她說。

「要不然咧。這些我那邊也都有啊，等開標看有沒有比較便宜。」我回。

結果沒比較便宜，來這裡不知要幹麼。

「那你教我選魚啊。」她撇起嘴說。

都是新鮮的，選什麼選。

「選什麼？我就是魚販，你還需要選嗎？」我說。

我們離開龍鳳漁港，導航到最近的全聯。邊開我邊念：「剛有什麼魚，你記得嗎？」她記得白鯧、肉魚，卻將午仔魚說成虱目魚，烏魚她知道。問她這季節要吃什麼魚，她只說她知道。

我帶她到全聯，教她選鮭魚，看鮭魚油脂的白有無變色，橘色的肉有無瘀血。她說：「吼唷，我不用學這個啦。」

我們回到城市的黃昏市場買魚。我叫她先去選，每一攤的老闆都叫她阿妹，她一直笑。市場的攤販如果叫人「阿妹」，都是真的認為這人很年輕，視覺年齡被認為是大學生、高中生。「美女」、

「小姐」則是三十歲以上；「大姐」五十，「阿姨」七十，超過八十的叫阿嬤，一百歲的又變回美女了。

「人家叫你阿妹，你就別亂買。」我將她拉去肉攤旁，輕聲地說。「等一下去那攤，指著那尾嘴巴尖尖的、黃紅色相間的魚，問老闆多少。」

她不理我，往其他攤走去。

一攤賣便宜魚的老闆，拿起成仔丁，說：「這個很好吃，阿妹要不要？」我遠遠看那老闆要說什麼垃圾話，成仔丁很腥，古早時代會用來燉湯發奶，現在超少人吃，他如果說會發奶，那就是性騷擾。他還真的說了，我立刻將她帶走。

第二攤則是一開始我叫她去的那攤，會叫她「美女阿妹」的魚攤。

她笑了。慘了，她會在這攤買了。

我眼前一掃，四齒、赤鯮、無鰾鮋都很美，但很貴。鯖魚、竹筴身體出紅暈，這不行了。白帶魚眼周仍然透白，鰓蓋上還有點紫藍，價格合宜就可以買。但要讓老闆知道，不是美女阿妹就可以敲竹槓，得裝出真正內行的模樣。

「你一去，就直接指那尾嘴巴尖尖的。如果老闆說你內行，就再問一次那尾四齒多少錢。懂嗎？」

「懂，那你會買四齒嗎？」

「我不會買，因為很貴。」我說。

她走過去，指著那尾四齒說老闆這尾怎麼賣。老闆避開不回答，直問好鯖魚不買嗎？

老闆滾開，我來。

「頭家，你這四齒一斤多少？」我上前問。

「美女，你老公內行喔，一斤九百。」老闆回。

我掐指一算，他大概賺一成五。他將四齒放回冰上。我沒有買，因為那尾半斤就要四百五。

我還是轉頭問她：「這價格可以，要吃嗎？」

「隨你。鮮度可以嗎？」她說

「沒我的魚好。」我回。

「我也在賣魚啦。」我跟老闆說。

老闆笑笑地對她說：「美女妹子再見喔。」

我只想叫她不要再去這攤買，一輩子都不要去。「花言巧語。」我跟她說。她說：「喔。」

一到她家，想起垃圾桶裡有我前一晚煮壞的帕頭仔。那尾帕頭仔鮮度還可以，是我油溫不夠，急著下魚而黏鍋。黏鍋也好，為了面子，怎可以說自己廚藝差。

「你看這魚不行啦。都黏鍋了。」

藉此，我教了她選魚的訣竅。請她手伸出來，比個讚，我摸向她大拇指下方的肉丘，「用力。對對對，這樣就對了，你自己摸。」她摸自己肉丘的軟硬。魚死沒一天的肌肉僵直感就類似這樣，「鬆開食指、中指的硬度是放了兩、三天；不握拳的肉丘軟硬，就是四、五天的鮮度。」更不新鮮的，就會像是小指頭下方的肉丘，軟軟無力。「你就是買到這樣小指頭肉丘的鮮度啦，遜耶你。」我邊捏她的小指頭，邊將她手握住。

她另手一拳過來，「你的手很臭耶，要不要去洗手。」她說。

我直回，教你還不好喔。

這哪叫教，是騷擾。要教我，明天帶我去漁港玩呀。她說。

「我要當你的選魚教練。」我說。

後來，我趴在沙發上當一條要死不活的魚。這種放鬆程度，近乎腐敗。

之後，我每次去她家，一週會配三、四尾魚。她還是會去那攤叫她美女阿妹的魚攤買，她說老闆不再拿檯面上的魚給她，都從冰庫拿一些魚給她選。

「你有選嗎？」

「才不用咧。幹麼選？」

「我教你的，你不用。」我回。

「要選一條好魚，不如選一個好魚販。」她說。

我笑了，但我想起我這週配來的魚，全是癱軟無力的貨底養殖魚。

我還是傻傻地笑了。

她看：

「我很會煮飯喔。」我翹起一邊的嘴。那是剛交往時，我對你說的話。

「那你會選魚嗎？」在古龍水香氣很重的車上，你回。

「我會，菜市場的魚販大哥都說我是特別會選魚的美女耶。」我說。

「你知道我是魚販嗎？」你又回。

我心想，是在靠北喔。

「是喔，那改天來我家看我會不會選魚。」

只不過，第一次你來，帶了整箱的冷凍殺清三去的魚，兩個月才吃完。那箱魚有黃的綠的藍的紅的，每拿出一尾，你都會說這叫什麼名字和牠們的產地。黃雞，澎湖，紅燒、清蒸、乾煎都好；藍的是青衣，澎湖，紅燒好；紅的是紅喉，烤的、煎的，這很貴喔。

我把紅喉拿去清蒸，油脂漂浮在醬汁上，魚肉略乾，你直說浪費了。

「就讓我自己去買啊。」我說。

「去啊，你知道這尾魚多貴嗎？」

唉唉，真是小氣的男人。

我決定自己去買，去說我是美女的魚攤。

「老闆，哪尾最美？」魚販拿了一尾銀白色、手掌大、圓眼的魚。

「帕頭仔。」

「哪來的？」

「東石。」

魚販翻鰓，鮮紅血色，這一定新鮮吧。你說過怎樣選魚，我才懶得理你。

這尾魚很美，我相信。

「欸，這尾魚不行耶。」你在我煮菜備料時，摸了那尾帕頭仔。「我不是教過你怎樣選魚嗎？來，手伸出來，比個讚。」

我比了，你摸向我大拇指下方的肉丘，「你的手再用力一點，你摸摸看。」大拇指的肉丘僵硬帶有彈性。

「記住這個感覺，這就是新鮮的魚的觸感。」

「啊你是選魚教練喔？」你笑了。

我拿起那尾帕頭仔，肌肉已無法支撐身體，垂下就像你等待晚餐時躺在沙發上的樣子。「這尾是要丟掉嗎？」我問。「紅燒就好啦。」你過來，將自己的雙手沾了一層鹽，抹在魚的兩面，包一層廚房紙巾，放入冰箱吹風。「你菜煮好時，叫我。」又趴回沙發上，像是不新鮮的魚。

「煮好了，起床。」我說。

你將冰箱裡風乾的魚拿出來煎。薑蒜爆香，鍋的另一側煎魚，再過一陣子，你下了醬油、糖、黑醋，紅燒的香。

上桌時，那尾帕頭散碎不成魚樣，我想是你故意煮成這樣的吧。小家子氣。

「這魚不新鮮才會變這樣。不是我的錯喔。」你把那盤魚倒掉，我沒吃到，也不知道好不好吃。

你伸出你的手比讚，又開始說起怎麼選魚，煩耶。

「不懂到底要怎麼摸魚，摸不準軟硬啦。不然你明天帶我去龍鳳漁港嘛，小旅行呀。」我說。

「我來當你的選魚教練。」說完，你又躺到沙發上，是一尾死魚在看電視。

去漁港，你說無聊。第二站是全聯，你拿起鮭魚，說起旁邊的血合與油脂顏色怎樣怎樣。「喔。」

我回。

第三站去我常逛的市場，第一攤你說那是賣養殖魚的攤位；第二攤你說那是便宜雜魚的攤位，你拿起其中一盤長鬚的魚，說背鰭刺到會超級痛，老闆說那種魚很發奶。第三攤則是叫我美女的魚攤。

「美女，這你老公喔。很帥喔。」

我仔細看那尾切開的鮭魚，在紅色燈光下，油脂看起來也是紅的。你指向某一尾嘴巴尖尖的紅色魚種，「這尾四齒多少錢呢？」

「美女，你老公內行喔。還知道這個叫四齒，一斤九百啦。」

將魚從頭部拿起，沒幾秒就放下，你沒有買。

轉身問我，這個價格可以，想吃嗎？

「鮮度可以嗎？」

「可以，但沒有我的魚好。」

你笑笑地對老闆說：「我也是魚販。」

你還真是個靠北的人。

之後去買魚，魚販不讓我在檯面上選魚，直接入冰庫拿幾尾，「選這裡的吧。」那些魚就像是你的大拇指肉丘的感覺，或許更硬。自己摸過幾尾之後，手上的魚腥味臭，讓我想起你躺在沙發上的樣子，真的很不新鮮。

「美女，你的魚販男友呢？」

我拿起魚的頭部，感受身體的硬直，放到秤上。

要吃到清甜細嫩又黏唇的四齒，大概也是與你分開之後的事情了（笑）。

去海生館的好日子

「你可以看看那些被你殺的魚，活著的樣子。」她說。

跟我想的一樣，巨大的海水魚展示區裡，色彩斑斕的魚，都被稱為「尼莫」。

她在我放假那天，說要去海生館。

她問好嗎？可以嗎？從前一天的晚餐，問到掀開我蓋住光線的棉被。跟她說我放假得補眠，都是沒用的抵抗。

「去海生館好嗎？」

我問她開車到海生館要多久，她手指比三。下一秒跑出Google的女聲，說開車到那的時間。「走啦，你累了我幫你開車。」

我想不懂為何今天要去海生館，而不是去科博館、植物園、鳥園。「因為今天是去海生館的好日子。」她說。

我嘴裡咕噥，放假還要看魚。

「你可以看看那些被你殺的魚，活著的樣子。」她說完這句就去買早餐，買完在副駕駛座等我。

我一週摸六天的魚，放假還得去海生館，魚販的休日想好好睡覺呀。休假日去漁港，是為了找尋貨源，去吃西餐、日料，也是為了拓展知識。到海生館？我不覺得能學到什麼，我一看到魚，腦中就自動跑出價格，巨大水族箱裡千千萬萬的魚，我腦會壞掉無法計算。

百般不情願，還是得去。因為她堅持，我妥協，她的興奮像是童年去遊樂園的期待。無感的我心想，幫情人當司機也好。

去過墾丁，從沒去過海生館。我在百貨公司、餐廳看過死去的珊瑚礁、長不大的海葵，和那些被叫成尼莫的小丑魚。有幾個客人都會指著我，跟小孩說我是「尼莫叔叔」，我拿起一尾活的吳郭魚說：「你要吃尼莫嗎？」又將魚嘴放在小孩面前，一開一闔，皮一點的會把手上東西放進魚嘴巴裡。小孩就跟他媽媽一樣，傻傻地在那裡說著尼莫、尼莫，分不出魚種。吵著要去海生館的她，那時就在客人旁邊笑：「唉唷，尼莫叔叔，真可愛捏。」可愛的我，穿起尼莫的服裝會很可愛，我邊想那模樣，邊笑出聲來，「對對對，我就是尼莫叔叔。弟弟下次來我拿尼莫給你看。」

山城的魚攤，是這些人的水族館吧。就像我小時候會跑進家對面的水族館，看頭上有大肉瘤的金魚、嘴巴吐氣泡的金魚，興奮地幫每尾魚取名字，取完沒有買，只是在腦中想像了只有這類魚的大海。直到店員過來問：「阿弟，要買嗎？」一尾上百，還買得起，但那時的我只心想，家裡沒有海，怎麼養這些魚。

「我家沒海啊。」我說。

「唉唷，這些魚不用海水。這裡怎會有海水？哥哥教你，把這些魚和這些水放到大碗裡面，牠就會活了。」

「活多久呀？長命百歲？」

「長命百歲。」

我指著一尾黑色的肉瘤，叫牠肥頭；又指一尾一般的金魚，叫成我的小名。店員分開包裝，兩個塑膠袋裡裝半滿的水，兩尾魚游沒幾下就停在那，不太會活的模樣。

回家倒在碗公裡，半滿的碗公是我的水族館，肥頭的頭都浮出水面。食指戳了戳魚的肉瘤，摸了肉瘤的皺褶，皺褶摸起來也很平滑，手上沒有打開冰箱會聞到的臭臭魚腥。

肥頭向上游，游到碗公上彎的邊邊，又向下滑。「在溜滑梯喔。」看牠溜了幾次，嘴巴浮出水面，我以為牠餓，倒了些飼料，牠吃，又不吃。是不是欠水呢？我將碗公填滿自來水。肥頭又玩起溜滑梯的遊戲，這次牠游到碗公的頂端，跳了出來，在摺疊桌上跳了幾下。我抓起牠，好小的魚鱗也是有點刮人，有點黏，摸狗摸貓般地摸摸牠的肉瘤，放入水裡。

沉入，上游，要跳出來。一次有趣，兩次好玩，三次你這尾魚故意的是不是。

雖說很煩，但小朋友的遊戲可以一玩再玩，笑聲愈來愈大聲。肥頭一次帶出一點水，久了一灘，碗公的水面也降低了些，我再加點水，多水多游。又跳一次，黑色小片的魚鱗更刮手了。放入水裡，跟女生誇張的蓬裙一樣的魚尾，慢慢地動。

我想牠累了，轉看一旁無趣的金魚，不斷地在碗公底繞圈。

跟我想的一樣，一到巨大的海水魚展示區，色彩斑斕的魚，都被稱為尼莫。兩、三歲小孩喊「尼莫耶」，三、四十歲的爸媽也在喊「尼莫」（當爸媽的看到一定要很興奮）。《海底總動員》沒有其他角色嗎？有，但海島人民只記得那尾小丑魚，不記得擬刺尾鯛的多利（俗名倒吊），竹梭什麼的就不用說了。那面藍和魚的體色應該要成為網美牆，只不過不能太亮，海魚的環境沒有適合拍照的亮光，每一張相片都背光，幾個誠心要成為網美的開了閃光，沒人制止。我笑她們看不懂中文，卻也不多說幾句。

「你看那個魚，很像白鯧耶。」她說。

「金鯧。」

「那尾魚我看過，上過新聞。」

「浪人鰺、GT。」我說。

凸透鏡看久會暈，想吐，但為了找到沒人發現的魚，我近近地看，一尾橘斑懶懶在礁石上歇著。赤羽太耶，我說，但她怎麼也找不到那尾赤羽太。一旁推孩子的爸爸，一樣仔細地找，那爸爸找到了，用手指敲敲玻璃，叫他兒子、太太來看。我以為他有聽到我說的魚名。

「紅色的尼莫耶。」他說。

我無奈。那時她才看到那尾魚，她說這叫赤羽太，那家子只回：「喔。」

「我就說假日不要帶我來這種地方。」我說。

「我在家很無聊呀。你跟我說那是什麼魚，還會說這些魚怎麼煮，給你炫耀的機會不好嗎？」說完這句，她每走到一缸就問一堆。

黃雞、青嘴龍占、青石斑（是黃色的但叫做青）、青衣，這區台灣珊瑚礁魚區，都澎湖的喔。長尾鳥、濱鯛、姬鯛、青雞魚，台灣太平洋黑潮區，都花東的喔。

她說強喔，聽完沒筆記，直說：「這種你煮過，我吃過。」

那些海魚的區塊，會隨所處區域的海深有不同亮光，但人類站的地方總是暗的。直到環繞形魚缸，正藍色的玻璃纖維缸，淺淺的，魚的世界與人的世界同樣色澤，都一樣的亮，兩尾小白鯨，分別在走道的兩旁。一尾盯著人群，她跟每個看到的人一樣，都說牠在笑。

「牠天生嘴形就這樣。」我說。

「我知道，你別在那裡破壞氣氛啦。」她回。

另一尾不斷繞圈，從上往下，缸壁到多層玻璃前。

「厲害喔，很會喔，這尾很活潑、很會表演喔。」旁人說。

「不安而已。」我自言自語。

她說：「什麼？」我跟她說了我用碗裝黑金魚的故事，她笑我笨，怎可以添沒曝晒的自來水，游得慢是快死了，沒氧氣了要省點氧氣用。

「這尾小白鯨不安嗎？」她問。

「我怎知？」我回。

「你魚專家耶，不是很會。」

小白鯨不斷繞圈，從左上到右下。牠們習慣被觀看了，人們會想說牠們怎麼不玩塑膠桶玩具，人們會等飼養人員固定時間的餵食秀。那藍藍的缸好無趣喔，但我不敢說，一說，她一定會回子非魚安知魚之樂。

盲鰻區有個旅行團的阿伯說這很補（阿伯錯了，對男人以形補形的是沙蟲）。巨大海菜是裙帶菜，沒人知道那是海帶的原料。

「繞回去吧。」她說。

走到腳快斷的我說，走出去再重走就好。她為了剛剛沒摸到的觸摸池出來又進去。「你要摸嗎？」她摸著海星、海參與無肉的貝殼問。

不要，我平常摸膩了。

回程，Google導航說到家已八點半，隔天凌晨三點要起床的我覺得累，但車到高雄她已深深地睡。

今天是去海生館的好日子嗎？我想。

車行過無數路燈，總覺得這條路走不完，兩百公里到一百九十公里，減少里程的種種都成迴繞。我想起那尾黑色的金魚，玩膩了放在水槽旁，牠撥出大部分的水，只剩幾口氣。隔天，牠死了，鱗片乾了，變成黑底白點的金魚，眼凹，好多螞蟻過去，淹在水裡。旁邊那包金魚，水濁了還活，我吵著家人要養，養了，但沒多久也都死光了。

海生館裡的小白鯨和所有缸裡的魚們隨意游擺或迴繞，每尾都像活得好好的樣子，病了會被撈起，觀眾看到同類咬食反而興奮。牠們死了不會沉入水裡腐壞又成沃水，或許會像我臭掉的魚一樣，被丟入廚餘桶。開著車想這些，更睏了。

我們也是裝成活得好好的樣子，病了沒人撈起，要人撈還會被問幹麼不自己來。觀眾看到有人被咬時依舊興奮，死了旁人哭一哭，不會成沃土。

手機相簿中，有她和海藻、白鯨還有多到模糊像星點的魚牆合照。請路人幫我們拍的合照裡，她將藍鯨的帽子套在我頭上，我們都笑了。

海生館都是魚，我看膩了，她卻像是遠足的孩子感到新鮮。被關在水族箱的魚會有童年嗎？我回不到童年，救不起放在碗公裡的金魚，甚至以賣魚殺魚為業。若能回到童年，我會把每個水族箱都當成是一片海，有牆、有玻璃的海，回到那個看著金魚缸便能滿足，便覺得世界好美的童年。

今天是去海生館的好日子。

去哪，都會是好日子。開車的我沒有跟熟睡的她說這些。

到南投時她醒來，問我無海的內地，對海會不會特別嚮往？我說：「不會，你住在有海的城市，你也沒看過海啊。」

「好玩嗎？」她問。

「好玩吧。」我說。

「想一想，魚很可憐耶，每天跟我一樣要上班，哭哭。」

她邊說邊打開社群軟體，打卡標註，傳一張在小白鯨前，我裝醜學小白鯨笑的照片。

我第一個按愛心，真的。

午餐

魚販與魚販之妻的餐桌日常，有魚也是理所當然。

不管在哪個季節，清晨最涼冷的時刻我都醒著。凌晨三點到六點的雙人床是太太的領地，睡成大字或一字形沒人會管。

一到家門，老舊的鐵捲門久未上油，吱啞摩擦聲宣告著我回家了。太太剛搬來時，常會被這樣的聲音吵醒，有時她淺眠，我一開房門，氣味參點魚腥，探進棉被冷熱轉變，我又幾次轉身，她便會醒，說睡得不好。住一兩年後，習慣了，電捲門或是我刻意放輕的腳步，都讓她睡得更熟，變成平安回家的白噪音。動作太大，還是會被罵。

如果從魚市回來得太晚，補眠時間不到一個小時，我便穿著濕濕的工作服，睡在沒人坐的破沙發上。睡在那裡，不管夏季或寒冬，都更冷一點。天花板的風扇轉轉搖搖，快被催眠時，手機發出震動，提醒：該去工作囉。

賴床幾次，沒人會罵。聽不到鐵門打開，太太會起床說：「不去上班喔。好啊來陪我睡覺。」

「我也不想上班啦。」邊說邊按下鐵門的遙控器。

無妝，沒穿內衣的她，我多想睡在她身邊，但她又深深探入被窩。睡到中午十一點半的她，不需我叫醒。只要一通電話問：「睡這麼晚，豬喔，你要吃什麼午餐？」

週一我放假，去市區吃飯。週二吃我煮的家庭菜。週三義大利麵日。週四、週五回她家。六、日市場太忙，沒空煮，換她隨意買她想吃的。

輪到我煮的日子，看著攤位上的肉魚、小卷，還有些刻意挑起的受傷或較不新鮮的品項，清清貨底是魚販的煮菜日常。偶爾問她想吃什麼，她總回：「紅喉。」

紅喉一尾四百公克，一台斤破千。魚販的內行愛人，特別喜歡吃油脂多的魚，「要不然黑喉。」她對石鯛、黑毛不感興趣，只專注在太平洋較深層的魚類，金目鯛、大眼鯛、馬頭魚。有次抓尾無鰾魶回家，跟她說這叫紅黑喉。等我煮完，一看到是紅燒，她便沒什麼興趣。

「這石狗公啊，幹麼說什麼紅黑喉。」她答對了。紅黑喉確實是石狗公的一種。紅色表皮、黑色喉嚨，這些特徵讓這種石狗公被稱為紅黑喉。她不愛石狗公的淡雅近乎無味，有些近海的種類長得多刺、又褐又黑，抓過幾尾給她煮，她的手被刺傷過幾遍。我拿湯匙片肉，一側給她，一側我的。我們都不吃魚頭，不敢稱自己是內行的吃魚人。魚頭、魚腹都丟入薑絲湯。肉細嫩，沒什麼味道。

「只有醬油的味道，不甜。」她說。

養壞了，我心想。歪嘴的她盛湯喝。

「湯倒是滿好喝的。」

吃飽飯，猜拳決定誰洗碗。猜贏的她，在房裡看韓劇。「林楷倫，你好好洗。我要看我老公。」這時她的老公是孔劉，我只是個洗碗的。

把她碗內的魚刺沖掉，吃得乾淨沒剩魚肉，這尾紅黑喉，她不討厭。

隔幾天，我拿了尾紅喉清蒸。我去叫貨，先蒸好，她吃，卻沒將她日夜期盼的紅喉吃完。不好吃嗎？紅喉下方的湯水浮著黃色油光，很油，不會難吃吧？我筷子一夾，魚蒸過熟，太乾了。

她笑笑地說：「用煎的啦。」

「下次改進。」

紅喉的油香類似蝦味，卻不像是珊瑚礁區的秋姑魚蝦香濃郁。紅喉的油脂是幽微的紅蝦甜，細嫩的魚肉和焦熟的魚皮才相配。清蒸是錯了，用電鍋蒸更錯了。

「紅喉，叫做紅臭魚喔。」她看著食譜裡面的紅喉介紹說。

「多臭？很香，哪有你臭。」她又說。

冷凍技術還未發達時，底拖到這種深海魚，高油脂的身體易酸易腐，俗名才叫做紅臭魚。我跟她說這個小知識，她卻回：「你先去洗澡，變得香香才是正經事。」

我沒去洗澡，說了我三十年前的海鮮記憶。

那時我才五歲，對於海鮮一無所知，記得爸爸和友人去海產攤點了一大盤的劍蝦，每隻大小約十五公分，還有台灣西岸的海瓜子，大小混合地炒，那些回憶都很甜。如今，劍蝦難以找到那麼大隻的，更不用說台灣西岸的海瓜子近乎絕跡。中部地區不太會有紅喉、黑喉、甜蝦，這些都是分布在台灣本島極南或極北的產物，沒有顧客知道這些大紅色、容易壞掉的魚叫什麼名字，大我一個世代的魚販便沒看過。

有次，拿一尾跟紅喉差不多海層的棘大眼鯛回阿公家清蒸，阿公不吃，我爸也不吃。頭大、眼睛大、鮮豔的紅，那不是中部人習慣的魚。那天，我獨自一人吃一尾棘大眼鯛，那時我才知道魚的甜味有分地區、世代。從全台各地的漁港、產地直送只要一天，珊瑚礁魚、底棲魚、深海魚擺在攤位上，色澤繽紛，但熱賣的還是中部人最愛的灰藍色魚種：白鯧、肉魚、午仔魚、白口。來自東北角的魚，有點難賣，更不用說色彩繽紛的東部魚類。不過，如果我要開伙，叫老婆選一尾魚，她怎樣都會選到最好吃、最貴的那尾。問她為什麼選這些魚，她說看起來很貴。

魚就是魚，好吃就好了。

隔天，煎了一尾表皮受傷的小紅喉。魚滑入高溫油，滲出更多的油。

她的嘴油亮，好吃。

又隔天，輪到我不用煮的日子，她到市場找我拿了些馬祖淡菜與蚵、幾尾大溪漁港來的蝦母。買了番茄、櫛瓜，給她兩尾太貴賣不掉的紅喉，一人一尾。我到家，她還在預熱烤箱，我洗好澡，她開始烤。她放紅喉進去烤，我顧火，她看韓劇。她的孔劉老公演了兩段，進了兩次廣告，她叫我拿出烤箱裡的紅喉。表皮微微的黃，我拿起噴槍噴得更焦更黃。

烤盤裡有淡菜、蚵、紅喉、蔬菜，旁邊還放著蝦母的蝦殼。

蝦母呢？蝦肉她拿檸檬和橄欖油淺漬，生食。

剝開蚵與淡菜的殼，貝肉沾著烤盤或是淺漬的檸檬都可。這頓午餐沒有飯，沒有酒。一人一尾紅喉，吃飽了就午睡。

午睡前，我想起每天最涼冷的時候，太太獨自睡眠的領地，仍然是溫暖，預熱兩人的一床棉被。我的鼾聲吵吵，她靜靜地夢。

不去想午睡前的思緒跑到哪了，只想著晚餐要吃什麼。

不用問她，她一定會回我晚餐隨便。

不用問她。

魚之占卜

海島台灣，大多數的島民卻連台灣有什麼海鮮都不理解。不如先來理解自己能變成什麼魚，做個測驗吧。

平日市場人很少，除了聊天和等待客人上門，沒什麼事做。我禁止自己滑手機，深怕眼前走過路過，卻眼神錯過的客人。無聊到自己玩起「猜猜要吃什麼魚」的遊戲，看外表來猜客人要吃什麼魚。

跟太太打賭，我只要猜中幾個，她就請吃午餐。我很熟悉家鄉的人愛吃什麼，每天開攤都是種經驗累積，擺出來的魚種也要符合在地的食癖。中部人喜歡吃無刺、肉嫩、味道清淡的近海魚種，若攤位上有肉魚，問客人要不要，百分之八十都說好。太太抗議這遊戲不能這樣，我們便把肉魚、白鯧、午仔魚剔除。

攤位上的魚種變成各有特色。有鐵味凝厚的鮪魚、刺多肉甜的九母梭、肉質柔軟卻長得醜醜的小甘鰺，還有太太最愛吃且貴死人的紅喉。

太太偷笑，她覺得自己贏定了。

買了一堆番茄的年輕女生在選蝦，猜她要煮紅醬海鮮，推她吃鮪魚。總會說現在的魚比較不甜的固執阿公，推他吃古早味、刺一大堆的九母梭。幫家裡媳婦坐月子的阿姨，怎可以推基本款的七星鱸呢？我推她吃海鰻。十個猜對八個。這猜法是抓中客人需求，像是夾娃娃機裡頭一定要擺上新款的動漫物件或是3C產品。

靠這遊戲贏了三天午餐，太太說：「哪有人這樣，不公平。」她沒發現我的絕學是魚類占卜，還自詡為魚之國師、魚法達。從沒跟她說過我自有一套人類的分類學，從凌晨起床面對魚主、魚販們，到攤位上面對客人，工作時時刻刻與人應對，便是這分類學的理論基礎。

「哪有什麼不公平啦，你不知道喔，我還能從喜歡吃什麼魚知道那個人的個性。」我說。

她聽了大笑。我怎可能服氣，便將我的絕學化成文字。

第一題：喜不喜歡吃魚？

喜歡，請到第二題。不喜歡，請左轉找肉類或植物占卜。

「喜歡哪一種魚呢？」我問。太太一連說了好幾種，一副怎樣也不能掉入一開始就說出自己內心的模樣。算命得先提防算命師，等到算命師算準、讓人驚訝那一刻，我們才開始相信。

能直接說出自己喜歡吃哪種魚的人，很好，但這回答不會是魚占的解答。魚占與喜歡吃什麼魚有極大相關，但台灣人並不了解魚，回吳郭魚、鱸魚、虱目魚的為基本常識，答白鯧、白帶魚、肉魚則是對海鮮有些理解，至於能說出這些之外的魚種，可稱為厲害的島民。海島台灣，島民與海不熟，習慣就好。

有人說台灣的海洋文化是海鮮文化，我不認同。因為大多數的人，連台灣海鮮有什麼都不理解。不如先來理解自己能變成什麼魚，做個測驗吧。

別覺得荒謬，咖啡有咖啡占卜，寫字有字占。

第二題：會吃虱目魚的多刺背肉嗎？

會，則到第三題。不會則往第四題。

第三題：能否接受與處理分岔細刺？九母梭、鯽魚這類魚種，喜歡吃嗎？

挑不出這些魚肉裡的細刺，請跳第四題。會，則是海鰻人。

屬於這種魚的人類愈來愈少，帶有一點老派，一點近乎龜毛的細膩。太太問我有認識這類人嗎？我說我寡言的阿公，穿鞋只穿同一牌、衣服顏色是灰黑。很常在攤位上吃炸紅糟鰻魚的東港仔也是。

但隨口講講誰會信呢？太太還笑說搞得好像能靠這套魚類占卜去擺攤。

第四題：喜歡吃三分熟的牛肉嗎？或說，能接受血味嗎？

如果喜歡，你為亮皮、紅肉魚的屬性，往第五題走。

如果不喜歡，便是白肉魚屬性，往第七題走。

我家沒有海鰻人。兩個孩子食魚習慣完全不同，女兒會吃生魚片，我猜她也會吃三分熟的牛肉；兒子則是養生飲食，凡是重口味的、有添加物的一律不吃，兒子是白肉魚人。

第五題：喜歡會爆汗的運動嗎？

喜歡的人往第六題走，答否的人為小甘鰺。

小甘鰺是懶惰的魚，雖然分屬紅肉魚，卻定居在同一地方，哪樣的人可以說是小甘鰺呢？很愛宅在家裡的人。

第六題：吃不吃土魠魚羹？

會吃土魠魚羹的人是鮪魚人，不吃的人則是土魠人。

女兒吃紅肉也愛運動，但她不吃土魠魚羹。不是因為她命定為土魠人，不吃同類不相殘（女兒是貪吃的人啊），而是土魠魚羹內的土魠魚塊不是土魠，往往是鯊魚、旗魚，六歲的她嘗一口就知道這不是冬天正油、肥美又鐵味柔順的土魠魚。我則是鮪魚，貪食不拘，可以無止境地洄游且肥美。

人的個性分類學，可以分得沒完沒了。說得模稜，是怕聽的人完全把我看穿，說得模糊是兩方都有空間詮釋，假的話像是真的。這些話語不是要給人誓言，若能讓人的心落在安穩之地，已是功德圓滿。

人如果是土魠的類型會習慣自己慢慢地學，不走捷徑，倚靠自己的步調，不莽撞。女兒讀書學物也是如此，就像是冬天才浮海的鰆類，尤其土魠。不是冬天的土魠，被捕撈起不會好價，一落刀劃皮，肉紅如血，已不是焚身的問題，爛價只因為特別難吃，過重的鐵味近乎於酸。

冬日的土魠，肉身如羊脂玉，獨特的酸氣加上油脂，變成莓果搭上奶油，肉質不算細嫩，等同於鬆餅，才不是軟軟的舒芙蕾。女兒不像一般女孩，她獨特，有點硬骨又好動。女兒的心理測驗到此，做爸爸的多說幾句，釣獲土魠魚時，常常會吞鉤，吞到腸胃劃破，胃液融身，整塊油腹變得黃醜。給土魠人類的建議是鎖定目標之後，小心行動，不要過度關注，忍得住三個季節，也不需在光芒初綻時過度展現。

我是鮪。鮪是隨黑潮奔流，直朝目標前進，無法停滯。一旦停滯，肌肉的溫度會隨即提高，甚至將肌肉焚熟，稱為「焚身」。常有人說這類型的人是工作狂，其實不是，是他們早就習慣這樣的工作速度。若要他們休息，也得像是運動後的緩和，緩緩地降速。與鮪共處，可以試著共游，或是原地等待，不要嘗試阻擾，要是鮪魚焚身，便肉酸、易腐，甚至過熱熟化，這些都會破壞鮪的步調。直球對決一本釣，或是靜靜聆聽、不插手在旁觀看，讓這類人自嗨到累再行捕撈，都是面對鮪魚人的最好方針。

這分類寫到一半，太太跑過來問，她是什麼？我說她不用測，一定是小甘鰺。她說才不是咧，還什麼魚之國師，她不是不愛運動，只是懶得出門。

紅肉魚屬性的人，有共同的特色是較為外向，直線思考。小甘鰺、土魠、鮪魚的最大分別是對遷移的想法，小甘鰺喜歡長久定居在同一地點，較不接受一個人的旅行，長途旅行會消耗牠巨大的能量，喜歡深度探索（寫到這，就發現太太不是小甘鰺，她特愛遠程旅行）。土魠像是蜂群，可接受中短期的遷徙，常會想家（女兒只要出去玩，玩幾天就會哭著想家裡的阿公阿嬤），回到熟悉的領地之後又開始向外發展，周而復始。鮪魚是浪人，可以為了目標走向遠方，家只是個居所，沒有界域，必須奔游才能達到身體能量的平衡。

海鰻則是躲在自己的岩洞中，偷偷地看，出手便是得手，這樣的習性總會被說內向人，確實也是。白肉魚習慣處於一地，沒什麼刺，容易受到居住地、親近的人、食物等的影響。

第七題：喜歡吃特殊味道的青菜，如紅鳳菜、甜菜嗎？如果完全不吃菜，喜歡吃羊嗎？作答選喜歡的人，是石鯛。不喜歡的人，則往第八題走。

石鯛被稱為磯釣之王，夢幻之魚（白肉魚頗多這類王者）。這些稱號來自牠很難釣，牙齒會咬斷各種魚線，並且挑食。

若是石鯛，常會被說銼銼角角很多，那些人都不知道那是原則，說是原則更像是反應，不喜歡主動出擊，會找尋目標，但目標十分稀少。曾經有人釣起石鯛，吞鉤，要拔鉤時，石鯛不舒服一咬，把人手指咬斷的案例。認為錯誤的人、事、物一律不碰，遇到了還會不客氣地對待。但熟悉習性的人，就很容易把你騙到手，石鯛從本來只吃礁岩岸的小蝦小貝，卻被釣客餵養更甜更好吃的南極蝦，習慣之後只吃南極蝦。不用懷疑，這就是石鯛人的特色：高冷，卻有可能被融化。等待，找尋契機，上鉤後隨節奏捲線，是對待石鯛的最好策略。

第八題，會刻意為特定場合穿搭特定衣物嗎？是者往第九題走，否者為石鯛。

第九題，續上題，選擇特定衣物，是為了低調融入群體，還是為了彰顯自己？如果是選擇低調融入群體的人為紅喉，選擇彰顯自己的人為石狗公。

本以為兒子會是石鯛人，有自己的食癖（不吃包餡的食物、化工甜點不愛吃），他卻對青椒、苦瓜、紅鳳菜、羊肉等等有特殊味道的食物挑食（他對於不能當磯釣之王，很不高興）。超喜歡穿橘色或黃色衣服，褲子選亮藍，不是為了亮色，而是自己喜歡。運動就得穿運動的衣服與外套，有點一板一眼。不喜歡出風頭，幼稚園老師抓他出來跳舞，跳得像鶺鴒，回到家卻是個舞棍。

紅喉身處深海，移動性低，油脂豐厚（懶得動），體色豔紅色，在人類眼中是個花枝招展的魚種，但回到深海，紅喉的紅變成黑，黑是微光無光處完美的保護色。

老婆測完也是紅喉，紅喉人最有趣的地方是自己不知道自己的好，牠沒有像是鮪魚、鰆魚知道自己的肉身是靠高速游動維持生命，以及會感知天冷與即將到來的產卵期就開始續脂的特性。紅喉天生就是美味，卻不自知。給老婆與兒子的建議就是自知與自信，偶爾在人類的世界覺得寒冷，就把身體內的油脂燃燒當成溫暖吧。偶爾奔跑逃避或是直面困難，不用害怕能量耗盡或是不再溫暖。紅喉人最大的特色是當回到家、回到熟悉的地方，一下就養肥了（老婆表示你是說我胖是不是），最愛要廢，熟悉獨處，也得自信地面對這個世界。

石狗公，深信自己是突兀且獨特的存在，就算是用擬態模仿周遭的環境，都比有著保護色的其他魚種來得誇張，例如近海的鬼石狗公長得比礁石還礁石，或是毒鮋科像顆大圓石，還有毒；同屬鮋科的膽星魚更讓獵食者不敢恭維，身體布滿棘刺粗角。不用擬態的獅子魚也是石狗公，誇張造型已經宣告自身有毒，毒的都是那些棘刺。屬於石狗公的人，是自信與自卑的結合，深信自己的特立獨行，同時也懷疑自己的怪異，所以張牙舞爪，深信攻擊必然是最好的防守。既然擁有自己的審美，就少質疑自己。

家人全部做完，一一命中。

「樣本數太少啦。」她邊說邊印了幾十份，打算帶去市場給客人做。做生意都來不及了，還做問卷？但她才不理我的勸，給了我一半叫我拿給魚販們做。我沒想到都畢業多久了，還要像大學生或直銷一樣，給人問卷。

背骨全仔是鰆魚，邱伯還要我一題一題念給他聽，念到一半我就覺得他一定是懶惰的小甘鯵。本以為像我一樣的做事人，會有很多紅肉魚的類型，才發現各色人都有。我以為阿娥姐會跟我一樣是不能停止奔游的鮪魚人，她卻是海鰻人。

在魚市看到的魚販，偶爾交際聊天，大多時間都是在採買、搬貨。彼此有時是朋友，有時是批魚的競爭對手，能讓我挖掘的只有一點點生活的樣子，大部分還是工作的樣貌。看看測驗結果，感覺魚的占卜還能修正。

太太在攤位上將測驗發給比較熟的客人，年輕的客人會說很有趣，測出是鮪魚的客人都比較愛殺價，測完還問有沒有折價券；鰆魚人特愛吃時令的魚。

「真的能當魚之國師呢。」太太笑說。

但統計樣本要更多一些，那就讓更多人測驗吧，我想。

「你喜歡吃魚嗎？」下次遇到我，我會先這樣問你。不是為了窺探你內心的模樣，不是想要將你分類。或許我想當魚之國師、魚法達，交談幾句就能知道你是哪一類人了。有這麼好分類嗎？人偶爾底棲，偶爾浮游，偶爾深不見底，怎麼洄游又怎麼在珊瑚礁區定居，尋找個舒適區，偽裝成保護色。

踏出保護色，必須學習不一樣的生活。人的分類學，不管是星座、心理測驗、人類圖、魚類圖（誰說這篇是顯學啦），我總只看自己的，試著看看別人的模樣，何嘗不是學習的開始。

有準嗎？不準的話，就再做一次。

魚占解析

狼牙鱔

又名鱧、海鰻。生長區域為珊瑚礁區，藏躲在岩洞裡等待獵物。肉質細嫩，味道淡雅，魚肉多刺。

這類人的特點為心思細膩，喜好觀察。自己想得到的事物，總是低調找尋最準確的時機點出擊。不怕長時間的等待，也不怕許多挫折，只怕目標不夠有挑戰性。生活中面臨到的挑戰，往往是別人不懂這類人為何時常在等待或是做事情講求細節，就像是現代人不吃有刺的魚，不懂魚刺愈多包含愈多細膩的風味。刺多要慢慢挑，吃習慣後哪裡有刺、哪裡有陷阱都能躲過，所以這類人不能忍受太粗獷或做事隨便的人。

狼牙鱔人喜歡果斷速決的人，他們深知果斷速決不代表隨便，行事直接也可以圓滑，就像海鰻的日本料理方式，需將魚骨細切，一吋海鰻劃上二十三刀，使魚刺魚肉順得服服貼貼。不只需要果斷，更要習慣狼牙鱔的節奏，話要說得剛好，知道狼牙鱔的內涵。台灣料理叫狼牙鱔為海鰻，透過中藥引出海鰻的補，日本則高湯速沖，兩個不同料理方式，能看出與狼牙鱔人相處，重要的不是節奏，反而是過程中能理解到這類人的內在與淡雅。

小甘鰺

又名軟鮋、黑鮋。生長區域在礁岩區、沙岸。以無脊椎生物為食。肉質柔細，味道帶有鰺科的獨特風味，卻沒有鰺科較硬的肉質。

小甘鰺不同於近親鰺科鰤屬（如紅鮋、青鮋）為太平洋洄游性魚類，這類魚喜歡待在同一片海域中迴繞。小甘鰺更近於白肉魚，偏好定居，內向，對挑戰不感興趣。但牠仍有紅肉魚的特徵，隨季節肥美，慢慢飽足自身的內涵。待在舒適圈發揮自己所長，喜歡和各種人相處，柔軟地面對世界。生活中常會有人質疑他們為什麼不往前衝，其實不是不往前衝，而是走得扎實，這是小甘鰺的步調。

這類人喜歡跟他們說慢慢來的人，知道死線與界限在哪，不要整天催促。個性溫順，偶爾懶惰，喜歡群體生活，卻不愛開趴。這類人常會被說是隨遇而安，正確地說是不遇而安。一遷移就得找同伴一同前往，深信人為群居動物，容易掉入從眾的陷阱，不會察覺自身的特別。小甘鰺獨有柔軟又帶有紅肉魚些微鐵味的特質，別人都知道，只有自己會忘記。周遭如果有人是小甘鰺，請提醒他自身的獨特性。如果自己是小甘鰺，將自己好的地方弄得顯眼，這不是正能量學，只怕小甘鰺人忘記他們自己獨特的特質。

土魠

生長區域為近海，冬日隨著洋流至台灣海峽。食物為魚類、蝦類、頭足類。非冬季的土魠肉質粗硬，紅肉且帶有濃厚血味；冬季的土魠，肉質轉嫩，富含油脂，肉色轉換成凝脂的米白，血味消散。

土魠人外向，凡事先有規劃才去冒險，不莽撞行事，卻也不侷限自己。喜歡步調快的生活方式，獨立卻不孤僻，會與團隊配合。對土魠人而言，待在舒適圈或異溫層，並沒有多大的差異，習慣不同環境是土魠的本領。偶爾的挫折會讓他們容易苦悶酸肉，往往勇往直前，不迂迴。有些時候會撞傷身體，有些時候安然度過，作為土魠人的伴侶或是朋友，請不要插手，讓他們用自己的節奏度過，總會轉換到他們喜歡的冬。

他們喜歡工作，卻不是工作狂，很隨和好相處，但不要對他們的路線有太多質疑，土魠的牙齒很利，不高興可是會咬人的。如果自己是土魠，要記得勇敢，不要退縮。

鮪魚

生長區域是在各大洋洄游，四季皆有，以春季為佳。食物則是魚類、頭足類。鮪魚人是工作狂，不工作毋寧死。直朝目標奔流，不到目標不停下，若突然停下，他們總會焦躁不安（一旁的小甘鰺或是白肉魚都覺得怪），別怪鮪魚人，他們天生如此，人生對他們而言是場沒有休息站的馬拉松，跑到缺氧，都比不盡全力地跑還好。鮪魚高速且不中斷地游，體內累積的乳酸上升，忽然停下，會讓身體溫度快速提升，造成焚身，身體甚至會受損。

如果鮪魚人遇到難關，不如點醒他們有其他的路，反正他們隨時都向前，曲折地向前，給他們更多不同角度，反而多了緩衝，更能完成他們想要的目標。如果自己是鮪魚，把工作當娛樂很好，但要記得休閒放鬆可以讓自己游得更遠。

石鯛

生長區域為礁岩區。喜歡吃貝類、蝦類。

石鯛並不好摸透，在他所處的海域裡，石鯛為食物鏈頂層。在礁岩的縫隙中咬碎貝類、藤壺，蝦蟹的殼也阻擋不了他的利嘴。石鯛的原則很多，常被說龜毛或不好相處，常有攻擊性，那是他們的防備。會先與陌生人保持距離，如果踏入他的界限，會直接咬下。這類人工作上完全不用擔心，只需擔心他的夥伴沒有做好。他們習慣一人獨走，常會被說不合群或是高傲，並非如此，石鯛只是非常了解自己的喜好。與石鯛人相處，記得順他的路走，知道喜好之後，不要拍打，請多餵食。如果自己是石鯛，要知道自己適合什麼，有時寧願自己一人，也不要被花言巧語騙了；柔軟的食物雖然好吃，但要記得石鯛人可以吃堅硬的貝類，走困難的路。

紅喉

又名紅臭魚、紅加網。生長區域為兩百到六百公尺的深海。以蝦類、頭足類為食。

紅喉人有兩種非常明顯的個性：喜歡耍廢，卻對自己喜歡的事情十分熱衷。跟狼牙鱔有點像，紅喉人喜歡觀察，但不是為了出擊或獵食，只是在他們的世界，看微光映射深海魚群們的模樣，有時，找到小蝦、小魚才緩緩獵捕。在六百公尺的深海中，不需要快速的步調，不用一直獵捕便能畜養成肥，油脂豐厚。內在與外在都有自己的想法，喜歡自己與別人不同之處，深信自己是特殊的人，自信到別人看得出來他們很特殊。這樣的特殊，讓他們在同溫層往往是焦點，到了異溫層或是不同海域，紅喉人常常會感到不安。

與紅喉人相處，得知道他們特別的點在哪，理解之後，便會發現他們的濃郁，其實很溫順。若自己是紅喉人，該隱身觀察時，用能看透黑暗的雙眼仔細地理解；該展現時，讓紅色鱗甲釋放光芒。紅喉的大紅色，在深海是保護色，在不同海層卻特別耀眼，記得多觀察，多思考何時是能顯露自身特殊的時機。

石狗公

石狗公種類繁多，分處於礁岩岸（獅子魚）、深海區（無鰾鮋）。以小魚、小蝦為食。

石狗公從不掩飾自己的特殊，他的特殊不單是自信，更是保護自己的方法，如獅子魚的毒刺、膽星魚的臭氣。跟紅喉的最大不同，是石狗公往往沒那麼多豐厚的油脂，他們內裡清淡，沒有過度的香味，這點跟他們的外表不同。

石狗公人會覺得自己外表的獨特與內在不相符，就算旁人沒有要侵略或批評，他們依舊會張開胸鰭與背鰭，用攻擊的模樣保護自己。石狗公人遇到的迷惘，不像紅喉是因為外在影響，他們往往會質疑自己，有沒有資格得到生命的成就、美好，甚至是自己所擁有的一切。就算知道自己的模樣，知道那些難關要怎麼過，在質疑自己的過程中，聽到旁人的流言蜚語，他們會在心中放大。面對石狗公人，得先放下自己的防備，讓他們覺得沒有壓力。若自己是石狗公人，放鬆一點，你正如自己想像中的美好，不用隨時都是攻擊與防禦姿態，躲進保護色裡，別忘了石狗公身上的棘刺都是種擬態，學習不讓人看見時的自在，會更沒有傷，更不用質疑自己。

輯三　三代魚販

弓魚

弓魚，是我國中時在魚攤，阿公教我的第一件事情。
後來在病床上，阿公被從頭到腳的線束繃緊，成了弓人。

能動的，只剩鰭與嘴了。鰭擺動，嘴開闔。弓好的鱸魚無水也能多活幾個小時。

「綁好了喔？」爸說。

「人客，鱸魚要剖開嗎？」

阿公夢囈；入夢時，手在空中揮舞，那雙手只剩下皮骨，跟魚刺很像。爸覺得像是指揮棒，拍拍阿公笑說在跳舞。

阿公沒有說話，夢囈，用拇指與食指繼續揮著。

「阿公還在鬧喔，指揮音樂喔。」爸跟我說。爸還在鬧。

繩綁成兩個小圈，一個套住鱸魚的頭，另個套住尾，魚身拗成半圓。一條紅繩就把鱸魚困得不能反抗，身體不能動作，只有鰓蓋能微開微闔。將繩套上一尾又一尾，繩圈卡在魚眼下方，如果再下去一點，阿公就會念說：「這樣不行，鰓蓋完全蓋住了。」

我以為完全蓋住的鰓蓋，能讓鱸魚的鰓保持水分多一點，也活得久一點，但阿公說：「蓋起來就像死了，半開會動才像是活的，活的才好賣。」

弓魚，是我國中時在魚攤，阿公教我的第一件事情。

五專時，阿公只教我一件事：接下魚攤，好好賣魚。那年，爸將家裡所有財產賭光，他回來賣魚，又將賣魚的收入轉為賭金。久了，阿公只記得叫我好好賣魚。

血緣是繩，我們都綁成相安無事地活了下來。

「鱸魚活的嗎？」客人問。

我用手拍了魚頭，魚的鰓蓋有動有活。拉起一尾鱸魚，紅色的繩拉得更緊，魚的身體變成拉撐的弓。綳住魚頭與魚尾，魚自以為活著，其實是死不了。剪開弓繩，就都沒了。魚體肌肉鬆弛，癱軟在刀痕斑斑的砧。

「鱸魚這樣就死了？」幼年的我曾問阿公。

「像弓箭一樣啊，弓弦斷了，弓就壞掉，就死掉了。」

一刀割開下巴，讓脊骨斷裂，身體已收不到腦的電位，感受不到痛與緊張。我讓牠回到水裡，鰓蓋開闔，那是牠熟悉的環境；水有心臟打出的血液，就不是牠熟悉的環境。

只有腦的魚想了什麼呢？

阿公夢了什麼呢？

他又一次中風，失去了語言、行動能力，只能躺在病床，偶爾發出的咿啊聲，也是心電圖儀重複的嗶聲，沒回應也繼續叫。

「身上都是線。」我說。爸只是嫌吵，嫌阿公唉唉叫，他顧不下去。

我想跟爸說阿公的唉唉叫不會是罵你，他不曾罵你。我留在躺椅不動也不走。

「他這樣還要顧什麼？」爸說。

「顧他不要去扯那些線。」阿公身上的線，紅黑藍綠黃白。

我想像阿公轉身時，從頭到腳的線束綳緊，成了弓人。

還真的轉身，我以為他已半死。轉身時，緩慢拉扯線束，儀器滑動沒有聲音，直到他發出啞啊的叫，已沒有力氣將線束、接頭、端子全都扯開。

他還有力氣，他還活著，我想起剪開繩後癱軟的魚。心電圖發出聲音，劃開現實。只是貼片掉了。阿公如果這時死了，該怎麼辦？護理師隨即趕來，只看我一眼，將所有的線束、端子歸好位，阿公又活過來了。

阿公又變成弓人了。

每個魚販都知道，弓起的魚看似可憐，但活的才好賣。

在攤位前，爸跟阿公都問過我以後要不要賣魚，攤位上排列整齊的弓魚，看得我腰也挺直。「不要。」當時的我說。

阿公如果還能問這問題，他會得到滿意的答案，「我已經在賣魚了。」

我會跟他說這般延命的魚不會好吃，甚至比死魚還難吃。半死狀態，剖開魚身細小的黑色血瘀，像是他的褥瘡。不要弓魚，這是我想教給阿公的第一件事。

這些回憶像是夢，在招呼客人或是刨魚鱗時被喚起。

「你剛夢到什麼？」女友問我。

「賣魚。」

「那有什麼好夢的。你有夢過變成一尾魚，或是你殺過的魚全部來找你嗎？」

如果殺過的魚都來找我，肯定是噩夢，我變成一尾魚也是噩夢。但我只夢過幾次在殺魚，待殺的魚堆疊，聞到魚死後的發酵味，我便知道這是夢，醒來的我已聞不到魚臭。

阿公的夢都類似這些吧。「那些夢說不定是懷念。」阿公在我的夢裡說，我趴睡在病床的鐵床圍上，聽到了阿公的聲音，我以為他真的說話了。

「那麼近，你幹麼不直接講？」醒來的我對他說。但他嘴裡插管，只能安靜。

我換躺在摺疊床上，棉被蓋住眼睛，求能重新入眠，告訴自己放鬆，明天得早起。想像有隻手輕拍肩胛緩緩哄睡。

「那麼近，是你在拍我的肩胛嗎？」

我常眠不深熟，工作從凌晨兩點開始，八點就會跟自己說該睡了，常常耗到十一點才入眠。阿公不是這樣的人，他吃完晚餐後就寢，每年有幾天他會為了祭祀特別晚睡。

「阿公，你每天都要早起，這麼晚睡有睡飽嗎？」

「有睡就會飽了。」阿公會這樣回吧。

「有睡飽嗎？」每天醒來，我問我自己。

有，很飽。就算睡不到一個小時也一樣。今天也是，看看時間我睡了一個小時，十二點醒來。

阿公精神很好。手在空中揮舞，少根手指的右手像是握住什麼在上下拉動，左手則是固定某樣東西。「在跳舞喔？爸。」過了探訪時間還來的爸，拿起手機錄影，傳到群組，寫：「阿公跳舞。」也傳過類似的影片說阿公在指揮音樂，其他親戚傳了許許多多讚的貼圖。

其實阿公的夢不會是跳舞，是殺魚。我爸也知道。

爸按了急救鈴，只為那雙乾枯魚骨的雙手不停揮舞。那雙手被拘束在鐵床圍，冷得像保魚鮮的冰。垂軟、變形、骷白、細枝，不是手了。

「阿公不能動了喔？」

「對啦，這樣綁起來才好，才不會拉到線。」爸說這些，還補一句：要乖喔。

爸常說他的世界被阿公與這攤魚攤綁住，他說他自己很乖。

很乖的阿公，很乖的爸只看五分鐘。

阿公的身體與病床相黏，黏得死死的。褥瘡會不會更嚴重，要將他拉起身拍拍背拍拍臀，「褥熱不舒服吧。」我跟他說。突然，他腰背弓起，手被束縛無法轉身，我將手伸入衣服，拍拍他的背，沒多久卻塌墜下來。

抽出我的手，他的汗濕，他的熱濡，癖臭就如魚腥。我坐了兩個小時看著被拘束的他，想著阿公會不會連夢也都沒了，手不能動，誰還知道他怎麼做夢。我在他眼前揮手，以為他只盯著天花板會無聊，不過沒有反應，我臉貼近，他只是看，只能看。或只是沒看。

是看不到了。棕色的瞳孔，變成灰白近藍色，不單是眼球，還有眼皮、眼白。那是什麼都說不出的眼睛。

爸說不用常去醫院，說得也很有道理，又不是要記錄什麼，也不是有那麼多時間可以磨耗。有點遺憾，同時我又給自己說詞，爸都不去了，我做孫子的去幹麼？

我沒有再去阿公的病房。想看看阿公的手，有被解開束縛嗎？又怎可能解束？他死的那一刻，我沒趕到，我到的時候，他的手被束得緊緊的，等到護理師將儀器的線束拆光，才將手拆開。拆開那刻，血回到白色的手，紅了又白了。

「你晚了一步。」爸說。幾個長輩也剛到來，他給其他人看阿公死前突然紅潤的影片。我很好奇那影像，也很好奇有什麼好錄（有什麼不需要錄？）。

大家站在那，看一具屍體。爸，身為獨子，講特別多的話，他沒說他如何照護阿公，他也沒有說阿公生前如何（或是他會不會愧疚），直說阿公死的時間挑得很好，不在過年，也不在早上，是在不用賣魚的晚上，爸說這樣的阿公很疼他。

我走出病房。並不安靜，耳朵存取那些多話的字句。醫院的大廳，只剩下提款機的燈亮。要兩點起床，便坐著睡覺。

「好好賣魚。」爸拍我的肩說，跟我借了一筆錢。「你是長孫，以後我的也會是你的，別那麼在意啦。」每次跟我借錢他都會說這句，或許他跟阿公拿錢的時候也說類似的話。我只想要他閉嘴，拜託不要說話。

爸傳來訊息，指示我各儀式的時間，那些都只是在度時間，也沒拉起我想念阿公的繩。

「就這樣過去了。」送阿公去火葬場，棺材排完隊後，我對自己說。

「接下來要跟親戚吃飯，你要去嗎？」爸問。我沒有去。

爸像是完成某種成就，招呼親戚進靈車與隨行的遊覽車。

那天不知道多少次鞠躬，最後我向家族告別時，又鞠了一次。手機震動，顯示爸傳來了影片，灰藍白的燈光，他近照著阿公，那無神的眼變成了黑，看到了所有的光，又不再看了。停在那幾秒，爸開始喊叫幾聲爸，快過去快過去。我停在那，要怎麼看下去。

「子孫代代出狀元，有無？」

「爸你就快過去喔，好好走過去喔。」爸說。

漸死的魚弓好，死得更慢一些。將死去的魚弓好，價格可以好一些。

將橘色水桶內的魚撈起，在冰上掙扎。指定要活魚的客人，就算被這些魚尾甩起的水噴到臉也沒差，選了幾尾，我留幾尾在冰上。牠們依舊掙扎，甚至躍起在空中翻圈，那些客人看得入迷，但不用多久那些魚也不會跳。爸把活力減弱的、剛死還未僵直的魚弓好。

「沒得看啦，沒得看啦。」

「阿公，我要看魚跳舞啦，那個魚很會跳喔，跳很高喔。我有看到喔。」

「沒啦，要不然你問老闆有沒有。」

我手裡拿起木槌，往魚眼中間敲下，魚不會再跳。

我對那位阿公笑了笑，「弟弟要不要學賣魚啊？」

「不要。」

「賣魚有錢賺喔，可以買很多糖果喔。還可以每天看魚跳舞喔。」

「才不要咧，很臭，阿公走了啦，走了。」

手內外揮舞，鱗片撒在衣服，卡在手臂，黏在眼鏡上。從那片魚鱗看到的光線是虹彩，可是什麼也看不到。那尾魚光脫只剩體膚，嘴不斷張著，那不是呼吸，那是將要窒息，在找尋木砧上積留的水。就算能呼吸到積留的水，也不能游了。

「這魚還活著，你要折牠啊，要不然又一直跳。」爸說。

食指與中指從鰓側找尋支點，一扳，能感覺到骨斷，也能感覺到肌肉的鬆弛。魚眼與我相交，那是無眼白的瞳孔，只有黑。

將那尾魚放入清澈水中，血流出，一下成血霧。我又處理下一尾，刨鱗，折首，丟入水中放血。折首的魚，入水後是不會跳的。但我總覺得今天的魚仍在水中呼吸。

快點讓牠們死吧，我一尾一尾取出內臟。拿出鱸魚如小指一般的心臟，計算能跳動多久。

影片裡的阿公，忽然綳緊肌肉隨後鬆弛。人能弓起延命嗎？這問題太蠢，早就是如此了。

「好好賣魚。」告別式上，每個見到我的人都說。我鞠躬，直到腰不能挺直。隔日，腰背無法放鬆，只能挺胸，彎曲的角度就像死後僵直的魚，更像是被紅線綁住的弓魚。

刨光魚鱗，繼續刨下側線的皮肉。未死的魚一跳一跳，久了，習慣了痛也不跳了，只在那裡開闔呼吸。或許將牠弓起，還可活一陣子。我拿起一條弓繩綁起，用力綁著直到壓出痕跡。

兩個繩圈。

我只看到我的右手揮舞，左手抵抗出了紅色的血痕。

「你還在鬧喔？」爸說。

他彈了彈弓繩，是玩弄，或是想看我還能不能呼吸，擰扯地活。

冰箱

這間房子或說這個家，就是台冰箱。
他將我冰在冷藏，維持在隨時可以食用的狀態。情感可以是冷的，當有需求時，加熱一下就好。

我不知道將冰箱插頭拔掉，會長出更多的生命，就算沒裝東西。明明那就是空的。我把他開過的蔭瓜罐頭丟了，怎樣也得丟，有白白的黴，搖晃了幾次也不跟下方的褐色醬汁融合，能看到薄薄的毛邊，很像這棟房子常附著的灰塵，在木地板上堆疊如同發霉。有時還真覺得那些灰塵，在擾動之間，散發出交配後的子嗣或是有絲分裂什麼的，說不定冰箱裡這罐蔭瓜上的黴，也是層灰。

把牛奶、冰淇淋放入同一個保麗龍箱內，我放了幾只冷凍的礦泉水瓶。冰淇淋一定會融化的。這我知道，我就是要讓它融化，讓外面的紙盒軟化，油脂糖水溢出在保麗龍箱內。那樣他就會生氣，就會覺得麻煩。家庭號的牛奶，他不可能一次喝完。甚至，他沒發現那箱保麗龍也無妨。臭酸的味道，他聞得到吧。

我跟他住的房子，十幾年來，只有一台壞掉的小冰箱。我結婚後，老婆懷了第一個孩子時，我整修了一層樓，我想那是我自己的家了。新廚具、新地板、新的廁所，什麼都是新的，還選了台新冰箱。在不破壞他的家屋結構下，我創了一個家。

以為能好好共存，但他的世界只有他想像的模樣。

他活在他十坪大的房間，裝了台特大噸數的冷氣，冷氣轟轟。當我開門找他，抱孫女找他，他都只是看一眼，便窩在他的書桌前，算起六合彩的數字。只開了一盞書桌的白燈，小小的燈不能照滿整室，他的房間氣溫很低，低到袋袋垃圾裡已長出果蠅，仍聞不出壞掉的氣息。這房間的味道是怪異的，就在關掉冷氣之時，或是離開他房間時，慢慢地將木門關上，燈光消失之際，那一刻就跟偷偷看冰箱燈何時關一樣，擠出了空間的空氣，散發在常溫之中。我聞到了他的味道。

我的家在三年後，被他的家摧毀。

是保存期限到了，是放在他的冰箱裡的我壞了。

他保存家人的方法是得跟他承受會鑽入身體的蟲，可以是債，可以是情感。當我要離開時，他依舊靜靜地待在他的書桌前，像是在哭，像是在笑，像是一直以來就只有那個模樣。我想多說些殘酷的話（總以為殘酷一點，人就能清醒一點），只覺得好冷好冷，下一秒壓縮機停止，整個箱體震動後安靜。

我打包了我那層樓，轉移到二十坪左右的太太娘家。「冰箱不拿？」老婆問。我說那要找搬家公司，況且娘家也沒地方放。我們兩個笑了，笑起二十坪的空間要放四十坪的東西，又留些衣服、書在他的家屋。

他的房子裡，我只想拿走那台我買的冰箱。

因為是我買的，我就能拔掉插頭，不給任何人用。不住在這裡的我，讓一台我買的冰箱不運轉，說是為了省電，其實是不想讓他用我這台冰箱，很小家子氣的。

冰箱放在那，流出點水，有點像是殺豬殺雞殺魚，將這些牲畜吊起瀝乾，放進塑膠袋裡時仍然流出血水，流出最後的液體才說自己死透了。冰箱流出的水，在地上，淤在冷藏箱體。淤的，或是藏在管線內的，跑到隔熱發泡物內的水分，久了變成被遺棄的味道。

再度開啟我的冰箱時，它像是在跟我說你遺棄了我好久，體裡孵化了許許多多的子孫。我開啟冰箱門，細密、多到堆疊的小蟲，白色卵及幼蟲蠕動在淤水灘裡，水灘的邊緣已有蒸發後的灰痕。蒸發後又有積累水灘，冰箱裡是否有雲還會下雨，一時有了這樣的想法，又覺得太幼稚。那些飛蟲似蠅似蜱，在我將所有物品清出、拔掉插頭，溫度升高到十五、二十、三十五度時，才破卵而出。我不能想像哪裡藏著牠們的卵（或在哪裡交配），是冰箱，冰箱就是蟲的母體，這些蟲是母體被遺棄孕化的仇恨。

我輕聲地說：「我要把你搬到我的新家了。」卻大力關上冰箱的門。不敢插上讓壓縮機馬達風扇運轉的電源，吹出的蟲的千百族人會塞滿冰箱，恐怖片裡的鳥、蟲都是這樣的。

它是孤單，這間廚房只有它發出壓縮機的聲音，而被我拔掉電源之後，不能說話，它更孤單了。我回來，要將它搬走，它用氣味占滿這間廚房，那曾是我的廚房，大雨後的草味，喝過幾天的腐壞水味，混合了當初它全新的塑料香味。

我真的很喜歡聞那種冰箱塑料的香味。

第一次聞到新冰箱的氣味，是一台膚黃色外殼的美國冰箱，開門吹冷風，慢慢關門偷偷看何時它會關燈。沒人知道何時它會被人類的味道占據，占據之後它就是主人的味道。那台冰箱是我阿嬤的冰箱，裝滿了隔夜、隔隔夜的菜，獅子頭、五柳羹、紅燒蛙腿、早餐配粥的麵筋，也有幾罐養樂多與布丁。三層總是滿滿的，包塑膠袋的是生的，用盤子裝的都會在晚上變成晚餐。

任何東西放進去，都得沾染一些阿嬤，或說是我家的味道。

撕開布丁的鋁箔薄膜，化學甜裡，加了些韭菜、蒜臭。一熱再熱的獅子頭，從褐色的醬色變成深深的黑；滷肉、滷蛋只要進入那台冰箱也都會變成那般的黑。

我、我弟與他、阿公、阿嬤，每晚也一熱再熱地吃，一冰再冰地說吃飽了。他只會吃他喜歡吃的新菜，其他的人偶爾遲疑著要夾哪道最接近腐敗的菜時，阿嬤會說，快吃快吃。滷太久變成鐵蛋的滷蛋，水分都沒的魚。

吃到壞掉、餿掉的菜，阿嬤都會說：「怎麼可能？冰箱冰好好的。」阿公總回：「不行就丟掉，熱了再熱，也沒人吃。」就這樣回了幾句，我與我弟都以為他會幫我們這些吃舊菜組的多說什麼，但他舀起湯，將碗放到廚房的水槽，對我說記得洗碗。

幾個晚上，他會幫阿嬤說話，隔天晚餐就看不到那些餿掉的菜。他也會幫阿公說話，很少，說那些話跟不說一樣，隔天仍然看到餿掉的菜。幾次，我趁洗碗時將那些菜倒掉。記不得那些罵了，只記得那句：「冰箱冰的東西怎麼可能會壞？」

洗完碗盤的手，跟冰箱的味道無異。飯桌上或客廳的木椅一人一坑地沒有聲音，看歌仔戲與無趣的綜藝節目，他總會比我跟我弟早說他要回去，回兩百公尺外阿公為他買的家。無趣也傻傻笑的我說：「爸，拜。」走之後，冰箱的壓縮機動了，聲音連電視放得大聲也聽得到，溫度低了幾度，冰箱裡的東西更慢壞了。

阿嬤總覺得冰箱是可讓食物、東西（藥呀、怎麼都不用的化妝品）永保如新的魔法箱。更冷的風吹出，冰箱更冷，這裡也更冷了些。有什麼東西不會壞嗎？膚黃色的冰箱，卡髒汙油垢，也變成隔夜菜的色澤，壓縮機運轉的聲音更大了。想要努力打出更多保鮮的冷風吧？愈大聲，愈不冷了，一下子，什麼東西都壞了。永保如新的魔法箱變成高溫細菌毒素的培養皿，一坨一坨地爛去，隔天上了餐桌，他靜靜地吃新菜，我夾一些新的，扒飯，不吃的菜轉為更多的罵，我知道冰箱壞了。

壞了就買一台新的。隔天送達，早上留我在家等著，沒人整理的舊冰箱，悶了一晚，開了冰箱門整理，那主人的味道已變成酸腐。上層滲出肉、魚、水餃各種的水。一包一包放在流理台，還是得等這台冰箱的主人回來，才可以丟。冰太久的肉跟魚，會乾得像是熟了，壞掉的氣味生得要命；冷藏的舊菜，也壞了，但味道是甜甜的酸。

「這些都不能吃了吧，可以丟嗎？」我問他。

「等你阿嬤。」他說。

當我等到阿嬤回來，新的冰箱未到，廚房堆滿舊冰箱的收納物，沒有怦然心動的收納魔法，只有擠壓推至深處沒人知道的食物。在冰箱壞掉之時，像是贓物擺設在桌上，我沒有問為何要買那麼多而不煮，我只問阿嬤什麼能丟、什麼不能丟。

她拿幾樣昨天的菜，放到電鍋、蒸鍋上蒸。

「那不能吃了啦。」我說。

水滾，蒸入。

甜甜的腐臭熱了，轉為蒸氣，說不出來那是香還是蘊在我家餐桌的主人味道。

幾道菜就放在餐桌。

「怎不吃？」阿嬤問。連飯都乾冷，怎麼吃？

「你要回來吃午餐嗎？」我問他。

「不要。」

他不回來，連飯溫熱的可能都沒有。我扒著乾冷的飯，阿嬤打開一包包解凍的食材，聞過一遍，綁緊，繼續放在流理台裡。打開一包，味道發散一次，無法數清有幾包。鼻息充滿了各種腥，連熱的菜壞掉的味道都變成深深的腐味。

那碗飯我吃不完，那些菜我動不了。

「來了來了。」阿嬤說。

安裝綠色的冰箱，水平，搬走舊冰箱。

包在新冰箱上的塑膠膜，阿嬤沒有拆。她只是插了電，開啟冰箱門，坐在冰箱前面，聞起新冰箱的味道，又將那些綁好的食材放進冷藏。

「你還要吃嗎？」阿嬤問。還不等我回，就將菜全收走，冰了進去。

新的綠色冰箱又變成了主人的味道，我家的味道。新的，放入了該丟的東西，看起來也像是舊的，舊到綠變成油汙的黃。

當我擁有自己的空間，我買了台深咖啡色的冰箱，本想怎樣也染不上比它淺色的黃垢吧。每天用完都認真擦拭，不讓它沾染太多我的味道，保有新新的塑料香氣。在不帶米色的日光燈白的箱體，亮白、帶些藍的燈色，放進去的食物看起來不好吃，卻有種安心。冰起來就不會腐壞。

關上門前，門碰到關燈的按鈕，幼年的我會幻想冰箱在關燈的那一刻，施予讓阿嬤覺得食物放此永遠不會壞的魔法；這時，冰箱內關起燈了，我卻不敢將吃不完的熟食放入。我煮的熟食或誰煮的都無關，我拿出不斷地吃，撐了繼續吃，吃不完就吃肉就好（長輩在我小時都這樣教，長大也這樣了）。肉吃完，蔥蒜薑菜就算了，倒在流理台，廚餘細末卡滿了水槽。

我的冰箱，我不想要有任何主人的味道。

當時還與我同住的他，卻放入了西瓜、吃不完的便當、幾罐沒開的罐頭，在我的冰箱裡開了一個命名為他的小小角落。

我依舊每天地擦，偶爾放入喝不完的手搖飲，第二天要不喝完，要不就覺得茶酸倒掉。長住的是米、油、醬油，醬油與油的蓋口擦過毫無殘遺，米留一合放在他的小小角落旁，那合之外，住在冰鮮抽屜裡的米甕。那一合米，本以為是界域，只是他的物件擴張侵略挪移了，那一合米被推到更深更旁的地方。

他在我的冰箱，有一層他的空間。他以外的空間，不曾滿過。

放久的荔枝，黑了乾了，粗糙表皮變成粗刺，果肉乾癟無法孕育任何的蟲，或剝開後內裡是餓死的蟲也說不定。開過的茄汁鯖魚，茄汁看似是快成形的血痂，魚肉塊則像是包裹在子宮內五週的胎兒（也是塊肉）。麵筋、筍乾、蔭瓜都蔭陰在他的角落，長毛、多了白塊。他的領地堆得滿滿，他的房間與他媽媽的一切，都能稱為囤積癖，不拾荒，拾起不丟是自成的荒。

那片荒廢的層疊之物，是這台冰箱裡最像是有人使用的空間，是他的文明（我的那合米早變成他的）。

發臭，發酸，發出怪異的甜味。

主人的味道。

驅逐著這台冰箱的塑膠味，新新的香，我曾想久留的香。

滿載的儲物層將冰箱生冷的光截下，至此，下方再也無光，同時，有光之處，他繼續攻占。他的味道填滿了整台冰箱。

我猜想蟲是那時進去的。

蟲在發泡物內產卵，在管路中飛舞，當冷風吹，牠們會在箱體飛；只不過我打開冰箱時，冷風停歇，光亮起，牠們鑽往管路之中。有幾隻來不及回去的，我也會當成那是水果的果蠅。牠們產了多少的卵，蛀了多少又住了多少，在隔離室溫與冷藏攝氏四度及冷凍攝氏零下十五度的發泡物中，成了溫暖的居所。

我的冰箱給了他任由腐敗的空間；他給了那些蟲，啃咬我的財產我的物件的空間。

「你用冰箱的習慣很差很髒。」修冰箱的人說。

我想辯駁是他，他是我爸，他用得很髒。但辯駁也無法說什麼，保固書上是我的名字，這台理應是我的冰箱。

修冰箱的人拉開冷凍庫，像是在說你看。我看了，滿滿附著在箱體的細小蟲子，多到白成黑，黑出了味道，是雨後積水悶了幾天，陽光曝晒過的水味，還是這些蟲累積出的體味？最像是那片荒廢的層疊之物，我爸的食物、他的體味。修冰箱的人要開口說話時，抖動了箱體，那些蟲飛起，我閃躲。

「怕什麼。牠不會飛出來。」

萬千蟲隻，在箱體內繞圈飛轉。

那是牠們的家，是我爸給牠們的家。

「還能修嗎？」

「能。」

我又清洗了一遍。修冰箱的人補滿了冷媒。

將溫度調到最低，在門縫間補縫，不要放入任何東西，讓一切更冷一點。

最冷，冷藏已成零下，冷凍依舊冷凍。

我沒打開那箱我幫他放入了牛奶、冰淇淋的保麗龍箱。

再次清洗時，我已經知道這台冰箱不會再回到剛來時新新的味道。我擦抹化學的檸檬香氣，聞起來也不香。

全力運轉的冰箱，並不像當初阿嬤的那台冰箱，吵得是家裡的背景聲，就算家是安靜無言的噪音。我的冰箱，微微抖動。

「喔唷，又可以用了喔。」他說，又說了一些當初就給他用就好的話。

「啊這台你真的要搬走喔？」他說。

我看著自己在褐色冰箱鏡面上的臉，只看著那樣的我，誰的眼神也不想交會，什麼話語也不想多嘴。他打開冰箱，將那箱保麗龍裡面的東西，重新放入。打開時，我能感受保麗龍裡面的冷，他每日更換裡頭的保冰劑，冰在裡頭的牛奶，搖晃沒有聲音。他打開就著瓶口喝了一口，問要喝嗎？

我只覺得噁心。他從嘴邊滴下的奶，走過踏過就變成黏黏的黑汙，他不擦，那些蟲舔，又一次蟲的入侵。

他又在裡頭堆積他的食物。這間房子的所有物品，他都幻想是他的，不管有機無機、有命無命。他一直以為我也是他的物件，這間房子或說這個家，就是台冰箱，他將我冰在冷藏，涼涼冰冰的，隨時可以食用的狀態，情感可以是冷的，當有需求時，加熱一下就好。他總覺得他活在那冷冷的世界，誰也不要管他就夠了，賭債借據藏在房間的棉被櫃裡，那裡最冰也最黑，不想跟我說的都丟了進去。他知道總有一天會滿出來，他知道那些債與利息是冰的不斷覆層，變成冰山，擠開冷凍庫的門，他將家用得像是冰箱，卻也成令人受不了的冰箱的變形。

無法除霜。

我只能將冰箱的插頭拔掉，待冰慢慢融化。被他冷藏的我，被拿了出來，有肉拿出來煎烤，有血拿出來壓榨，拿去解救那債務的冰，消了些消了些，也不是全部。

當我都成了乾癟，他還問：「還有沒有？」「到底要多少，你才滿足？」我的問句，他沒有回答。那是他的冰山理論，釋放真正的凍，「你還要不要我這個爸？」

我成了更冷的人。「不要。」

他問什麼，我也不回。我想，蟲不是這時進去的，或許剛買冰箱時，他聞了聞新冰箱的香味，放蟲進去了。

驅除了蟲，去除住在這裡二十幾年的我。

新租的房放了我的舊冰箱，插上插頭，冰箱內什麼都沒有，一下運轉一下停歇。一天過去，聞一聞，我又刷了一次。過了幾天就是幾次的輪迴，直到那冰箱沒有他的味道，我才停歇。我還想把冰箱拆開，看蟲卵還在不在，說不定還在蠕動，愈挖愈深，把我的冰箱占滿，發出蟲翅拍打的嗡聲，滿是黑灰地飛舞，與他的味道；哪天無法冷凍，熱暖，又占滿我的冰箱。

驅逐不了，就讓牠們凍著，在我的冰箱裡，別活也別死去。

二輪記憶

大姑的二輪記憶裡，所見城市是暗夜。
特別暗的暗夜沒有霓虹，只有魚市的燈火，直到始曉。

阿公沒說過他為什麼還賣魚當職業，他很少說自己。

大姑說起幼年，每天早上都看阿公騎腳踏車去魚市，全年只休大年初一。那時的魚市離住家十五公里，是城市的邊緣，後來城市熱鬧了，魚市被趕去邊陲（最近，邊陲的房價高漲，又有人提議要拆遷魚市）。那台腳踏車後座載著空的木箱，那時還沒有保麗龍箱和冷藏設備，大姑看著腳踏車往城市去，她卻沒去過城市。

幼年時以為那是專屬於她的後座，阿公卻改裝、釘上木板和支架，特別寬，腳張開也無法橫跨的後座，是為了魚所設的特等座位。天還沒亮，聽著腳踏車鉸鏈咬合，想像阿公的腳掌踏下，車輪轉圈，便起床說：「我為什麼不能去？」

有點生氣的幼年，大姑現在想起來都覺得好笑。

新的腳踏車幾十天就生鏽了，阿公補漆綠補漆紅，整台車花花綠綠，橡膠把手縫隙都被海水的鹽與手抓魚的黏液侵襲，變得黏黏粉粉，後座木板被融化的冰染成黑色，魚鱗像是寄生在木頭的香菇，滿滿活在腳踏車上。

「我從未坐過那台自轉車。」大姑說腳踏車還是習慣用那年代的用語。她邊說著腳踏車如何變舊，邊說起那年代還得劈柴，把那些薪柴放到乾白、又濕，一燒就變成炭黑。

「後座放了魚之後，我知道沒人可以坐了。就算後來我騎車，也沒載過你二姑。木頭朽了，爛到壞到跟燒過的一樣，味道也是。」她說。

「味道？」

「嗯，味道。就是阿摩尼亞味。」她回。

早期的冷凍設備有用氨嗎？我不清楚，或許是那些魚的血水陳年累積，不新鮮的腐敗，也可能是珊瑚礁魚的咕咾石味。大姑也不知道。

我問她，那年都賣什麼魚？金線、肉魚、白口，她說。

我能確定白口是這海域的近海魚種，金線則是冷凍的南方貨，肉魚是鹹死人的防腐貨。這幾樣綁在後座木板，行經市區一個小時，到家鄉之後，也是推著腳踏車沿街叫賣，晃過農田，金線的血水、肉魚的鹹水混在木板的底部，滲透近似於氨的氣味。

「那就是海味。」大姑說。我不認同。

「找不出那樣的味道了。」大姑又說。就算她住在花蓮，那個分不出是山風還是海風的城市，海風打上也沒有那種味道。就算我抹過野生三角魚的泄殖腔（三角魚的飲食是螺貝類，泄殖腔常有濃郁的食物發酵味，近乎尿與漂白水的味道），那也不及於大姑鼻腔中的海。

似蚵殼味的海、血味的海、狐臭的海。鹹鹹的海、無味的海。這些我都寫過，但我還是不能想像大姑的海。

初中的她騎那台腳踏車，想像中那畫面很少女，她綁著辮子，騎一台噴漆花花的腳踏車。大姑說她每天在上學前三個小時起床載魚，穿著如同包緊緊的農婦，一方面怕被同學認出吧，另方面不管暑或寒，清晨四點都有寒意。

「我很喜歡載魚。不用砍柴、不用煮飯。」大姑說。

每日任務就是追著早一十百千步出門的阿公，往半夜燈火通明、白日黯淡的魚市前去。大姑只是去幫忙載貨，那時家裡已經有攤位了，她先騎去魚市將腳踏車後座的木箱疊滿，再載回到攤位放。那些魚貨多重呢？少說一百公斤。

那時的姑姑哪會多胖啊，四十公斤吧。我想。腳踏車踏板踩起來很重很重，扭來扭去也得撐十五公里。大姑以為每個人都跟她一樣，騎得很慢，晚她十分鐘出發的阿公，追了上來，又將大姑的魚貨拿一些過去。「阿公很貼心吧。」她說。

我想像從後方看她騎腳踏車的模樣，沒了那兩箱魚貨，我看到她的脖項，站起來一踏一踏踩著，只不過阿公的背影不見了。可以看到丸峰兩字，是她幼年寫的，很多年過去，那字斑駁且醜，但很可愛。

她想著丸峰的貨是自己載的，必須穩一點，快一點到。

只去幫忙幾次會覺得好玩，再多就變成工作，甚至變成日常，但那年代沒有什麼不是工作的。「什麼都得做啊。」大姑說。

騎過霧峰、大里的農田，騎過那時什麼季節都有水的旱溪，到同學口中霓虹花花的城市，她所見的城市是暗夜，特別暗的暗夜沒有霓虹，只有魚市的燈火，直到始曉。偶爾看到幾盞忘了熄燈的霓虹，她不覺得漂亮，她只想快點騎回去下貨，沖涼後趕上第一堂課。載貨時光從第一堂課載到上班。幫家裡的生意從未間斷，直到阿公買了一台摩托車，那台摩托車價格貴如透天厝（那年代買房買地不用努力二十年不吃不喝），仍然很貴，貴到挪出家裡的一處來專門停車。那空間獨有的油氣酸味，偶爾溢散出來。

「很香耶。」大姑說。我覺得她的嗅覺很怪，很變態。

摩托車牽回來的第一天，大姑聽到引擎的噠噠聲，踩發的嘎嘎聲，發動後幾秒滿室的白煙，姑姑們趕緊打開窗戶。她又想起那台幼年仰望的沒有生鏽而黑亮的腳踏車。但這次她不單幻想被載，還幻想自己騎上摩托車的模樣。

不是她騎也沒有關係，有了這台摩托車，她就可以不去魚市吧，她想。能多睡一兩個小時也好，但還是得起來擺攤，若能睡到天亮多好，就像放假。

她還是習慣阿公踩腳踏車的聲音，以前是聽踩腳踏車踏板的聲音，現在是踏摩托車發動桿的聲音。每天都會醒來，又入夢。偶爾想跟阿公說載她一趟，只是車後層層疊疊的木箱，洗得再乾淨還是沾了黏液。她才不怕那個味道，我們家都不怕。只是摩托車小，無處可坐，還載滿一車的魚，多載了她便少載了魚。少賺等於多賠，她想怎樣也不能影響到家裡的生意，她只這麼想，便打消了坐在後座的念頭。不再多想，日日夜夜往返的阿公何時會沒載貨物，載她去兜風。

我聽大姑講了好久，也不懂那年代的賣魚人。我不記得阿公有買過什麼玩具給我，曾經說要帶我去吃麥當勞，但我那時便懷疑，要習慣說台語的寡言阿公說：「快濕兒童餐。玩具要變形金光。」這也太難。

阿公沒跟我這個長孫說過什麼年輕的事，最常叫我乖乖地做好本分，從小到大都如此。他死前三年，對我說：「好好做。」我沒想到那句重複多年的話，會是他跟我說的最後一句話。太頻繁說了，我早習以為常，以為還聽得到。

「好啦好啦。」我回阿公。

也因如此，最後的對話我沒記起細節、氣味、臉龐什麼的。甚至質疑自己，阿公的這句話，真的是最後一句話嗎？阿公生命最後的三年，有意識卻無法言語，還有想對我說什麼吧，咿啊幾聲，沒有意義，我都當成無聲。我看著他的心電圖，發出規律的嗶響，當成話語。

我出生就是貨車、保麗龍箱、冷凍冷藏的時代，沒看過那台號稱全鄉第二台買入的摩托車（那時一台摩托車等於一棟透天厝），只記得阿公幾次牽腳踏車回來的模樣。他不曾騎腳踏車載我，那時已無貨架，我難以想像他會將我放在腳踏車前方抱住我，或是我坐在後方抓住他衣服的模樣。更別說溫度了。

倚靠於背、環抱於胸是二輪車的載人模式，令人嚮往的是溫度、味道與安心。幼年的我也倚靠在爸的背，與他緊靠的身體傳來共鳴的聲音，哈哈笑或是過近過遠的扭曲話語。旅途一久，在他背上睡著了。倚靠於背，環抱於胸。到哪，多陌生都無所畏懼。

「這麼想讓阿公載喔？」我問大姑。

「要不，我載你？」我說。

蛇，鼠，和我那次死亡

我離開了家。不回去了。
我先是半死的魚，又成了吞鼠的蛇。
終會活過來的，只是需要一點時間消化。

為了找一種不會叫、好照料的寵物，問過兒女，養了球蟒。

一個禮拜或兩個禮拜餵一隻老鼠。

我的球蟒還小，已經可以吃小白長毛乳鼠，老闆說還可以吃冷凍的，但要退冰。球蟒可以餵魚嗎？不行。去買鼠，不用說什麼小白無毛乳，只有買蛇回去前，老闆耐心地展現專業，後來就只問：「小白？」「小乳？」

夾取鼠身，鼠幾聲如老舊剎車，有痛有叫，卻不能放輕力道。鼠輩亦該輪迴，丟入蛇的養殖盒。幾秒，生殺安靜，緊勒，含頭，不會有聲，不可能出聲。鼠爪擺動幾下，死了，第一次看，兒女知道鼠死了的瞬間，我們啞啞。四歲的兒子強說沒事，六歲的女兒脫光衣服洗澡，我卻感受乳鼠勒扭，無聲在聲帶、在心。

一次是死亡，多次是日常。

我拿起刀背拍向活跳的海吳郭，第一下牠還會跳，兩下、三下，不跳了，暈了。打暈的聲響是一下下的巴掌。多拍幾下，讓客人拿到的殺好的魚，不會因魚腦仍有反應而多跳幾下。修佛法、深信現世報的友人說我這樣殺生會有果報，現世便會身體苦痛。

我沒跟友人說我每次殺生，心臟總會抽痛，連帶乾嘔。拔鰓、劃肚、魚死了又跳了一下，再揮擊刀背，不適又來。像吊起咽喉，能呼吸，但空氣中我仍然溺水，跟海吳郭一樣無水窒息。咳幾下之後，對自己說這些都沒那麼嚴重，拿下一尾魚，從牠腦門拍下。

一下是試探，多下便是必要。

放在我床邊的電鈴響了多聲，晚上十點我還沒睡，樓下的阿嬤不斷地呼叫。我大喊來了，她說她渴。一身水腫，身體排不出水仍然會渴，一身像氣球吹脹褪色的模樣，她更蒼白了。上救護車前，揹著與我差不多重的她，很重，沒負重在腰背上，包裹全身，讓人滯步的黏膩。

阿嬤會不會就這樣死掉？我想，卻不允許自己再多想一些。

一到醫院，隨即就來張病危通知，簽名我簽。說要洗腎插管什麼的，我去跟阿嬤解釋。

「嬤，等一下要手術。洗腰子，好嗎？」

「不要。」

這對話重複三次，停止。床圍的鐵桿被我握熱，嘖，唉，我那些不耐。

「但醫師說要開刀把你身體內的壞血壞水全都排出，你才會好，換新的你才會好。」

我知道這套說詞無法說服她，讓她相信插管排出換入就會活起，變成一個新的她。

「我不要，你是誰？」她問。

「你是誰？志明？」她說。我不知道志明是誰。

「我係孫啊。」一次比一次大聲，急診室都是我的聲音，阿嬤仍說我是志明，要來搶奪財產。

「你看看我是誰啊。」

她看了，眼球外層灰藍，斜眼和緩蓋的眼皮，顯露厭惡。我又說一次，我的名字。

她握我的手，問現在在哪，可不可以回家。

醫院。

為何在醫院？

阿嬤你生病。

回家。

她要拔掉點滴，我反握她的手，說不行回家。

「你來騙家產的。」她說。

她不知道，家產早就沒了。「說什麼開刀，都來騙的。」

「騙。你是賊。」她指著我說。

點滴沒滴，快溺死的人，不用喝水。

蛇扭緊鼠，無聲地。

拍擊腦門，魚能聽到聲響嗎？

直到爸來，她便安靜。開刀洗腎，都說好。

她洗腎後，清醒了，記起孫子了，指定要我日夜顧她。不是讓爸顧，她怕爸累。急診室沒有日夜，整天明亮。隨她吃喝拉溺，拍背翻身，尿布擦澡度過時間。跟她的話語所剩無幾，偶爾被問到為什麼不好好讀書，去考她覺得好的大學。我回，要幫家裡賣魚。

為什麼不多幫一點？她說。

晚飯來了，我躲不了，不能說要去外面透氣。我躲不了，她將要說出口的滿嘴刻薄。飯不斷塞入她口，拜託她不要說話，拜託。

滿口的飯。

「湯。」幾粒飯脫口落在厚被上。

喝了口湯。「你是不是很想要我死？」

沒啊。「嬤，我沒。」

要不我去，我離開。我說。耳邊滿是急診室的嘈雜，要怎麼死我還沒想到，她盯著日光燈管，不說話了，裝飯的湯匙過去，她仍吃。

鼠丟入蛇的盒子，鼠用嘴洗爪，蛇往反方向走，轉頭靠近便纏上。

週末回到家裡的魚攤幫忙，將阿嬤安置，餵飽，換好尿布，幾個小時是工作也是自由。

好多尾活魚，等待我殺。魚還活著，從魚頭折斷脊椎，可以多保鮮幾天。我跟客人解釋，這跟植物人一樣，是植物魚。他們笑，我沒多久就將植物魚殺死。

胸悶、腦暈，我過勞，一定是太久沒呼吸到急診室外的空氣。久溺的人。

我試過掐住自己到無法忍受，放鬆就想吐，呼吸還得重新習慣。

一次是死亡，多次就會習慣。

從魚攤下班，總洗兩次澡，到醫院後，她只問：「你有洗澡嗎？」我不想說話。她撇身。在急診室，兩人不再說話，轉到普通病房內兩人仍無話可說。

出院回家，她鬧說要買醫院的電動床。買了，又說她需要我每日每夜的照顧，我只能做。「媽，請個外傭好不好？」姑姑問。「有他就夠了，請外傭能幹麼？」她說。

偶爾會想起她譫妄的嘴臉，其實和清醒無異。她跟爸、姑姑說她死過一次，死在一場充滿惡意的夢中，殺她的人是我。

說那是夢，我在一旁笑笑。

我死過幾次了，在她心中。

好的孩子，壞的孩子。

她熟睡，我輕腳離開房間。

「要去哪？」她問。

「管我。」我說。

她繼續睡，就算忤逆都不重要了。我無法好好與她說話，卻在身旁聽她呼吸。

她還好好地活，我希望她心中的我已真正地死去。

你知道嗎？球蟒吞鼠，有好幾天都不會動。太飽了，太撐了。一動不動，沒有體溫，還會呼吸。但消化過後，異常活躍。

你知道嗎？餵食球蟒，得看鼠會不會反擊。鼠會吃蛇的。或許是這樣，她認為有害的，便得蜷緊悶死至無聲，我成為多活的人，悶不死也活不好。

我離開了家。不回去了。

居住地變成故鄉，偶遇她，她問我：「不回來了嗎？」「不認這個阿嬤了嗎？」問得如此戲劇。

你當我死了吧。我如此回，如此戲劇。

將活跳的海吳郭首折，脊椎斷裂的瞬間，還活著沒死。

將鼠勒住，吞入口中，還活著。

直到剖開魚腹，刨出心臟。直到吞入蛇腹，胃液腐蝕。

直到真的好想好好活著，很想。

球蟒吞鼠後，不能跟牠多玩，只怕牠嘔吐出來的鼠會劃傷腸胃食道，活都活不好。

別吵牠，身體內死了些什麼，就長出些什麼，蜷曲，安靜消化。

會活過來的。

魚販孕事

中醫師看我的臉說燥，摸脈象說濕，摸脊椎說歪。不要蹺腳吃冰縱慾，吃甜吃鹹吃辣也不要。

「活著是修行，懂嗎？」他說。

「那麼努力了，為什麼都還沒有？」在廁所的太太，不知是自言自語，還是在對我說。

努力，努力，再努力；奮鬥，奮鬥，再奮鬥。

她在廁所預約掛號，講電話的聲音比平常溫柔一些。她身體沒有問題，我們都知道。

隔天，一進診間，醫師說起精液篩檢的流程，跟我們約三天後送檢體。禁慾三天，解放的那些不成為快感，是檢體，是測試，所以不需要任何愉悅的餘韻，裝在無菌的透明小罐，原本二十分鐘的路程，太太說快一點，十二分鐘到。

透明小罐外多裝一個夾鏈袋，拿起來比較不尷尬，我想。但櫃檯護理師一拿到檢體，便戴起手套把夾鏈袋丟掉，夾鏈袋多餘，她把檢體放到後面的冷藏冰箱下方，上方有她們的五十嵐。

「就這樣？」

「還能怎樣？三天後過來聽報告。」護理師說。

讀護理的太太與曾經讀過醫事檢驗的我，都看過精蟲在顯微鏡下游泳，那時課堂上還徵求檢體，但沒人敢給，裝得一臉都沒打過手槍的樣子。為了懷孕，得把全身都檢查過一次，關於為何不能著床，似乎連腳趾頭的問題也得發現。

「活動力不足，數量不太夠啊。」回診時，醫師說。

「醫師，怎辦呢？」太太問。

「更常做？」太太想以量取勝。

「早睡早起多運動。」醫師回。

好難。身為早市魚販，每天凌晨三、四點早起，早睡，是要幾點睡呢？至少八個小時，晚間七點睡。那時我晚餐都還沒吃呢。

那晚，太太叫我八點就寢，她在客廳看著《冰與火之歌》，裡頭一名女角說：「You know nothing.」「睡不著啦，電視小聲點啦。」我喊。

後來溝通到九點半睡。一兩個月後，仍等不到驗孕棒的一條線變成兩條線，等不到的我看了更三條線。太太開始找中醫，強精固體，不管多少錢的門診都來一下。最後的選擇為離家裡最遠的那家中醫，中醫師看我的臉說燥，摸脈象說濕，摸脊椎說歪。

「整組壞光光了。」我回中醫師，走出診間也這樣跟太太講。

「有救，至少你現在身體年齡是四十五歲，還沒死。等等去地下室回春。」中醫師回。

不要蹺腳，不要吃冰，不要縱慾，吃甜吃鹹吃辣都不要。

「活著是修行。懂嗎？」他說。

很好笑嗎？我心想，卻配合乾笑兩聲，內心只想請診所喝手搖飲，每杯都全糖多冰。

太太跟我一同去地下室。

「你有什麼問題？」我問太太。

「沒有，醫師說我很健康，叫我下來熱敷子宮。」

「不能喝冰的？」

「對，這我知道。」她回。

「誰不知道，冰是萬惡，冰會蝕骨。」

我躺在按摩床上，理療師先冰敷，後熱敷，接下來以很重的電動按摩器壓滑過我的脊椎，一趟兩趟。拉起我的手腳，晃幾下啪幾聲。各種怪異的姿勢，鬆開怪異難鬆的關節，慘叫幾聲，療程一停，身體發痠，不知道是過度疲勞還是理療師過度用力。

這樣還不夠，還得放血拔罐。

上衣捲起，在按摩床上等待中醫師下來，有點冷有點害羞外溢的贅肉，太太還在旁邊偷捏。中醫師一下來，摸摸脊椎，說常搬重物喔，姿勢不對喔，氣血不通了少喝冰的啦。下針，戳幾下，旁助手用火將微黃的玻璃拔罐燒了幾下，蓋上戳針之處。

會有點癢，我以為只有那些癢。二十分鐘，臉卡在按摩床的洞，只能看磨石子地的花紋，最好的聲音是計時器的嗶嗶。一聽嗶嗶，療程即將結束，助手大聲說不要動，我卻起身，吸附在身上的玻璃罐鬆脫，掉落地面後碎裂。黑血滑出。

助手拿起兩個塑膠袋套在鞋上，走過來將我身上的罐子拿起。「我有說不要動吧？繼續躺著，等我擦乾淨再起來。」他抹布一抹，磨石子地都染紅。

黑血的顏色跟魚的中骨血一樣，但活魚的脊椎靜脈血很鮮紅，死了凝固才變黑。助手一下子處理好，可能很多人跟我一樣吧。下一秒她的反應，又讓我冷了些。「破紀錄咧，你瘀血超多，你來看傷科的吧。等一下上去找醫師。」

我笑，不好意思說我來看兩人孕事的。

我更早睡了，我看到自己的黑血，記起中醫師說「要改啊」的聲音。三點起床時，太太睡嗓說不要讓身體冷到。在二十五度的春天，還穿上背心，同業說我神經，我說我要生小孩不能冷啦。

「醫師是不是叫你早睡不喝冰的？」他問。

「對呀廢話。」

「很難受？過來人啦，很多男人都這樣，懷孕後就沒事了。」

「要摸冰怎麼辦，前輩？」刻意叫他前輩。

「不會戴手套喔。」

在魚市裡戴手套，要不受傷要不新手，我卻戴了。太太做起每天的體溫表，我在一旁記錄我的睡眠時間，中醫師的標準一日八到十小時，太太幫我取高標。晚上九點睡覺，半夜三點起床，中午一點下班，累積睡眠時間六個小時。

還差四個小時，哪裡補？強迫自己在下午兩點到六點之間睡眠。

起床吃早餐，工作，睡覺。起床吃晚餐，走一小時的路，睡覺。沒什麼時間想吃冰吃甜吃辣吃鹹，連雞排都戒了。這是健康的魚販生活嗎？有夠像我阿公退休之後的魚販生活。

那一條線始終不出現，我的健康生活不會停歇。

健康到很膩耶，我跟太太說。

太太臭臉，我只好又回到被窩繼續睡。

又一次壓過脊椎，喬骨，理療師照了張相，說我身體比較直了。

我看不出來。

說我有個味道。

我魚販啊。

原來。

理療師說起有個魚販客人也這樣，他一說我便知道那魚販是誰。一個練得精壯、嗓門很大的大哥。

「都外強中乾。」我回。

兩週一次放血，沒有一次不濃稠不黑血，那黑血跟我喝的湯藥一樣。身體有比較不濕不瘦嗎？我摸自己的脈感受到心跳，醫師說的我都沒感覺。

「外表看起來都好好的，內裡的血都已凝固。」我跟我太太說。

「喔。再幾次就好了忍一下。你有沒有看到診間裡有很多北鼻的照片，還都感謝狀耶。」

那一晚，晚了點睡，為了例行公事。

哪一次例行公事才懷孕？我們不會記得。

懷孕之後，我不再去看那間中醫，我沒有去看我的血有沒有變清澈透亮，沒有去看我歪掉的脊椎。手從冰水桶中拿起幾尾魚，殺開剖腹掏出內臟，活肉還沒死很久的魚，血還沒凝固成黑，刀尖挑出那些快黑的血。

清乾淨了，煮起來更不會有魚腥味了。

清乾淨了，身體有好一點嗎？我不知道，因為我現在又習慣十一、二點睡覺，吃冰吃甜也吃鹹。

血又黑了吧。

後記

感謝你能讀到這裡。這是一本回憶與現實交雜的散文集。我的第一本書。《偽魚販指南》偽的是偽裝卻變成真正的魚販，指南是生活的片段。

兩年前，還沒得過獎的我寫了一篇關於魚市的散文。臉書上只有一兩名共同好友的亞君姐來敲我問我寫作的一些事情，沒多久她跟我說來出書吧。我從來不曾想像有這一天，不管是現在的我或是當時的我。想著魚販生活有什麼好寫的，又沒人寫過。就因沒人寫過才要寫吧。這是這本書的起頭，而後發散出的問題是我身為一名魚販之外，還有什麼？我們的人生中都有各種角色，我擷取了魚販生活、真實生活與回憶，構成了這本書。

本以為自己會先出小說，在這些構想之後，我決定先出散文，將自己的樣子切成兩塊，散文的、小說的，有點像是現實生活的我，魚販的、寫作者的。當然不只這幾個面向，想說的事還很多很多。

我寫小說，習慣把自己切碎散落在各個段落。我寫散文，仍有些隱藏，但近於直面。我將更怨懟與陰暗的心靈，藏得更深，為了什麼？我想跟讀者說這些過去的事，我過去了一點點。

寫作，最一開始是為了面對自己。虛構的故事，寫的依舊是自己。我寫散文，更像是問自己：「你看到了什麼呢？現實生活是怎樣的世界呢？」

這樣說好了，跟我兩個孩子玩積木時，我總會先問孩子想做什麼？恐龍或是城堡呢？他們埋頭嵌榫每一塊積木，最後的成品有時是抽象、難懂的。那時我才問這是什麼呢？他們會說出他們的答案，我將那些積木保存，久了我看懂他們所說的答案，那些他們看到的世界。怪獸不是嚇人的生物，只是長得奇怪，城堡不是巨大的建築，反而更像是家。這些視角不會是幼稚或是與大人不同，更不是對事物的變形與不準確，而是他們看到什麼。我的散文是我看到什麼了，我在魚市的生活六年，在市場的生活二十年了，接觸的人很多很多，我不會攝影、不會畫圖。

會寫作，能描繪我所看到的人們。

有些人知道自己被我書寫，一定會說：「我才不是那個樣子。」我想跟他們說書寫人們不是如實的鏡子，就像是我自拍總覺得比鏡子裡的我醜一點。我想寫的是我所看到的，雖然主觀了些，但能知道一個人如何想像另一個人，是很有趣的事情。所以，各種書寫都是各種想像，情書、家書、文字素描等等。先別急著在書中找尋破綻或是說魚販才不是這樣呢，慢下來看看這本書裡頭的我與人們的各種模樣。

會互相靠近一點吧。我想。

正在閱讀的你、我、書中那些出現的生命們與我生命之中還未書寫或不能書寫的人。

看到這裡，已是這本書百分之九十九，百分之零點五獻給寺尾哲也、+0、佳樺、阿里、亞君、小九、碧玲、逸華、想像朋友們、惠敏。落入俗套地說沒有你們的幫忙，沒有這本書。能吸收我的祕密並且展現溫柔的寺尾、死線症加萬物皆可聊的女子閨密+0、缺乏正能量我就跑去找她的佳樺、阿里，你們被我不斷用來試錯（品管），這工作超累，但希望你們有得到建築積木的樂趣。亞君把我從懷疑與自我批判的泥濘中，拉拔出來。碧玲姐、逸華哥讓我覺得我自己的書寫有更多的面向。我的編輯小九，謝謝你在很短的時間內編修我的散文。沒有想像朋友，沒有今天這些字句。

剩下的百分之零點四，讓我感謝生命中最重要的人：林瑾瑜、林序陶、林敘瓷。每晚林瑾瑜都聽我念著文字，敷衍或是傻笑都沒有關係，只要你聽我說就足夠。序陶、敘瓷，爸爸寫出第一本書了，序是序言的序喔，敘是敘事的敘喔。

最後的百分之零點一，再跟你說聲謝謝，記得買魚時不要當奧客喔。

國家圖書館預行編目資料

偽魚販指南/林楷倫著. -- 初版. -- 臺北市 :
寶瓶文化事業股份有限公司, 2022.03
面 ; 公分. -- (Vision ; 224)
ISBN 978-986-406-286-7(平裝)

863.55 111003329

Vision 224

偽魚販指南

作者／林楷倫

發行人／張寶琴
社長兼總編輯／朱亞君
副總編輯／張純玲
主編／丁慧瑋
編輯／林婕伃・李祉萱
美術主編／林慧雯
校對／林婕伃・劉素芬・陳佩伶・林楷倫
營銷部主任／林歆婕　業務專員／林裕翔　企劃專員／顏靖玟
財務／莊玉萍
出版者／寶瓶文化事業股份有限公司
地址／台北市110信義區基隆路一段180號8樓
電話／(02)27494988　傳真／(02)27495072
郵政劃撥／19446403　寶瓶文化事業股份有限公司
印刷廠／世和印製企業有限公司
總經銷／大和書報圖書股份有限公司　電話／(02)89902588
地址／新北市新莊區五工五路2號　傳真／(02)22997900
E-mail／aquarius@udngroup.com

法律顧問／理律法律事務所陳長文律師、蔣大中律師
如有破損或裝訂錯誤，請寄回本公司更換
著作完成日期／二〇二二年
初版一刷日期／二〇二二年三月二十九日
初版十七刷日期／二〇二四年九月二十三日
ISBN／978-986-406-286-7
定價／三五〇元

AQUARIUS 寶瓶 文化事業

愛書人卡

感謝您熱心的為我們填寫，
對您的意見，我們會認真的加以參考，
希望寶瓶文化推出的每一本書，都能得到您的肯定與永遠的支持。

系列：Vision 224　書名：偽魚販指南

1. 姓名：＿＿＿＿＿＿＿＿　性別：□男　□女
2. 生日：＿＿年＿＿月＿＿日
3. 教育程度：□大學以上　□大學　□專科　□高中、高職　□高中職以下
4. 職業：＿＿＿＿＿＿＿＿
5. 聯絡地址：＿＿＿＿＿＿＿＿＿＿＿＿＿＿＿＿

   聯絡電話：＿＿＿＿＿＿＿＿　手機：＿＿＿＿＿＿＿＿
6. E-mail信箱：＿＿＿＿＿＿＿＿＿＿＿＿

   □同意　□不同意　免費獲得寶瓶文化叢書訊息
7. 購買日期：＿＿ 年 ＿＿ 月 ＿＿日
8. 您得知本書的管道：□報紙／雜誌　□電視／電台　□親友介紹　□逛書店　□網路

   □傳單／海報　□廣告　□其他
9. 您在哪裡買到本書：□書店，店名＿＿＿＿＿＿　□劃撥　□現場活動　□贈書

   □網路購書，網站名稱：＿＿＿＿＿＿＿　□其他＿＿＿＿＿＿
10. 對本書的建議：（請填代號　1. 滿意　2. 尚可　3. 再改進，請提供意見）

    內容：＿＿＿＿＿＿＿＿＿＿

    封面：＿＿＿＿＿＿＿＿＿＿

    編排：＿＿＿＿＿＿＿＿＿＿

    其他：＿＿＿＿＿＿＿＿＿＿

    綜合意見：＿＿＿＿＿＿＿＿＿＿＿＿＿＿＿＿＿＿＿＿
11. 希望我們未來出版哪一類的書籍：＿＿＿＿＿＿＿＿＿＿＿＿

讓文字與書寫的聲音大鳴大放

寶瓶文化事業股份有限公司

（請沿此虛線剪下）

廣　告　回　函
北區郵政管理局登記
證北台字15345號
免貼郵票

寶瓶文化事業股份有限公司　收

110台北市信義區基隆路一段180號8樓

8F,180 KEELUNG RD.,SEC.1,

TAIPEI.(110)TAIWAN R.O.C.

（請沿虛線對折後寄回，或傳真至02-27495072。謝謝）